海外ミステリーBOX

マデックの罠

Deathwatch

ロブ・ホワイト 作

宮下嶺夫 訳

評論社

DEATHWATCH

by Robb White

マデックの罠——目次

〈主な登場人物〉


マデック……実業家で、ビッグホーンの狩猟《しゅりょう》に来た男。銃《じゅう》の腕前《うでまえ》は一流。

ベン……地質学を専攻《せんこう》する大学生。マデックにガイドとしてやとわれた。

ベンの伯父……ベンの育ての親。ガソリン・スタンドを経営している。

ハミルトン……主任保安官。通称《つうしょう》ハム。

ストリック……保安官助手。ベンのハイスクール時代のクラスメート。

ドン・スミス……ボーイ・スカウト隊員。留置場に食事を運ぶ係をしている。

ソーンダーズ……診療《しんりょう》センターの若《わか》い医師。町の人々から〈天才少年〉と呼《よ》ばれている。

エマ・ウィリアムズ……看護師《かんごし》。ベンの幼《おさな》なじみ。

スーチェク……診療センターの掃除《そうじ》係。

ホンデュラック……治安判事。

レス・スタントン……鳥獣《ちょうじゅう》保護官。

デニー・オニール……魚類鳥獣保護局のヘリコプターのパイロット。

ソニア・オニール……速記タイピスト。

バロウィッツ……マデックの弁護士。

マデックの罠《わな》

本書を、わが妻ジョーンにささげる。

1　山上の銃声《じゅうせい》

「いたぞ！」マデックが声をひそめて言った。「じっとしてろ！」

山頂《さんちょう》で、何かが動いたようだった。岩と岩とのあいだに、一瞬《いっしゅん》、何かがすがたを見せたのだった。

「角《つの》は見えませんでしたよ」と、ベンは言った。

「しっ！」マデックは低く言った。

ベンは岩かげにかがんで、マデックを見つめた。マデックは腹《はら》ばいになり、両脚《りょうあし》を開いて、重いライフルを平たい小石の上に置いた。ゆっくりと顔をおろして銃《じゅう》に頰《ほお》を当て、引き金に手をかけた。全身の動きをとめ、長い、先端《せんたん》の広がったテレスコープ・サイトをのぞいている。

ビッグホーン（オオツノヒツジ）がこんな行動をとるなんて、ベンは聞いたことがない。さっき、山頂に五頭いた。しかし、何かにおびえたと見えて、すがたをかくしてしまった。いまごろは、一キロ以上離《はな》れているにちがいない。どんどん遠ざかっているはずだ。

「角《つの》を見てからにしたほうがいいんじゃないですか」と、ベンはささやいた。

銃《じゅう》に頬《ほお》をつけたまま、マデックは言った。「わたしは角を見たんだ」

「ぼくには見えなかったですよ」

「きみは見てなかったんだろ」

「見てましたよ」

「十倍のスコープを通して見てたわけじゃない」

ベンはかがんだままだった。小さな二二口径ホーネット銃を肩《かた》にかけ、そのスリング（負《お》い革《かわ》）をつかんでいる。ここから山頂《さんちょう》まで、少なくとも二百七十メートルはある。しかし、このマデックという男は、銃にかけては恐《おそ》るべき能力を持っている。砂漠《さばく》に入ってくるとちゅうでも、動くものと見れば発砲《はっぽう》した。ときには、動かないものまで撃《う》った。日かげでのんびりと横たわっていたヒーラ・モンスター（アメリカドクトカゲ）さえ撃ったのだ。百発百中だった。銃は、見事な三五八口径マグナム・モーゼル・アクション・ウィンチェスター七〇だ。その威力《いりょく》たるや、象を撃ちたおすこともできる。眠《ねむ》っているヒーラ・モンスターをあとかたもなく吹《ふ》きとばしてしまうこともできる。ビッグホーンもこの銃にやられたら、ひとたまりもないだろう。山頂に何がいるにしろ、二度とすがたをあらわさないでほしい。そう、ベンは思った。

マデックは、銃にすがりつくようにして伏《ふ》せている。羊を狩猟《しゅりょう》している人間の目つきではない。殺気をはらんだ、異様《いよう》な目だ。両眼がぎらついている。

ビッグホーンは世界でも非常に数少なくなっている。それなのに、なぜ殺したがるのか――ベンにはさっぱりわからなかった。そして、この三日間マデックが考えていたことといえば、そのことだけだった。ビッグホーンを殺して、その首の剝製《はくせい》をロサンゼルスの自分のオフィスの壁《かべ》に飾《かざ》る。それ以外のことは念頭にないようだった。

「ねえ、ベン。きみは、大物狩《が》りを理解できるタイプの男じゃないな」

砂漠に入って最初の夜、マデックはそう言ったものだ。ベンはそのとき、マデックの顔を、焚《た》き火の明かりの中で見返した。焚き火の、あたたかい、やわらかな輝《かがや》きの中でも、マデックの肌《はだ》は冷えびえとして見えた。

「ぼくに理解できる狩猟は、ただひとつ、食 糧《しょくりょう》を得るのにほかに方法がない、という場合だけですね」と、ベンは答えた。「食糧が切れて肉が必要なわけでもないのにビッグホーンを撃つなんて、ぼくには、立派《りっぱ》なこととは思えませんね」

マデックはムッとしたらしかった。「きみは知るまいが、ビッグホーンの狩猟許可を得られるチャンスというのは、百万に一つくらいのものなんだ。わたしは何年ものあいだ、何千何万の希望者のなかから自分の名前が選び出されるのを待っていた。この砂漠のまんなかにやってきて、命をかけて、利口《りこう》で用心深いことにかけては地球上で指折りの動物に忍《しの》びより、そいつを出しぬく。そいつの生まれ育った土地で仕留《しと》めるのだ。これは、たいしたことなんだ。きみにはぜったい理解できない、人生の醍醐味《だいごみ》さ」

最初から、何とはなしに不安を感じさせる男だった。ベンはいま、マデックといっしょに砂《さ》漠《ばく》に出てきたことを後悔《こうかい》していた。たしかに、金はほしかった。マデックが払《はら》ってくれるはずの金は、大学の一学期、いや二学期分の学費に相当するものだった。しかし……

「今夜、町にもどりましょう」ベンはマデックに言ったのだった。「あなたと同じ考えのガイドを見つけてください。ぼくは、やめさせてもらいます」

「役立たずの田舎者《いなかもの》に用はない」と、マデックは答えた。「わたしに必要なのは、ビッグホーンの居場所を教えてくれる人間だ。そして町の評判では、ビッグホーンの生息区域《くいき》については、きみが、だれよりもくわしいということだった」

「これは、あなたとビッグホーンとの大勝負なんでしょう？」と、ベンは言った。「だったら、あなた一人でやったほうが、ずっと気分がいいんじゃないですか？」

「いいかね、わたしがもらっている許可は、七日間に限定されている。この期間のうちに、ビッグホーンを一頭、射殺《しゃさつ》していいというわけだ。そして、この七日のあいだじゅう、砂漠をさまよい歩いて、一頭のビッグホーンにもお目にかからないってことだってありうるのだ。きみは、やつらがどこに生息しているか知っている。そしてわたしは、きみに金を払って、そこへ案内してもらう。それから先は、わたしとビッグホーンとの勝負だ。砂丘《さきゅう》の専門家《せんもんか》の指図《さしず》は受けんさ」

ベンは、地面に伏《ふ》せているマデックを見た。三日と二晩《ばん》、この男と砂漠で過ごしてきた。この男が笑ったのは、自分がいかに抜《ぬ》け目のない男であるかについて話したときだけだ。マデックは、商売の取引で一度も負けたことはないのだという。どの取引のときも、相手を痛《いた》い目にあわせたのだという。相手を出しぬき、巧妙《こうみょう》な手口を使って失敗させた。しかし、それだけでは満足しなかった。かならず相手を傷《きず》つけたのだった。

マデックの話を聞いていて、ベンは、この男と同じ世界に住んでいなくてよかったと思った。幸いなことに、砂漠のきわにあるベンの町では、マデックのような男の取引の対象となるものは何もない。大学を出て地質学者になり、大石油会社に勤《つと》めてからでも、マデックのような男たちと同じ世界に住むのは、まっぴらだ。

ベンは、自分のジープを見おろした。ジープは、はるか下の、砂漠の平坦《へいたん》な地面の上にとまっている。熱気のせいで水中にあるように見えた。車体がゆらめき、輪郭《りんかく》がぼやけていた。

この男とあと四日か。しかし、一日ごとに金がもらえるのだ。

ベンは肩《かた》の力をぬき、周囲の静けさに耳をかたむけた。暑さが、すべての音を消し去ったようだ。静けさが、巨大《きょだい》なボウル（鉢《はち》）のようにおおいかぶさっている。九十五キロ東方の紫色《むらさき》の山脈から、六十五キロ西方の褐色《かっしょく》の山脈まで、すべての音が、強烈《きょうれつ》な、重苦しい熱気によって沈黙《ちんもく》させられたかのようだ。エドワーズ空軍基地を飛び立った飛行機さえ、音を立てずに飛んでいく。機体も見えず、ただ、熱い青空に二本の細い白線が引かれていく。

銃声《じゅうせい》。とほうもなく大きな銃声。大地をゆるがし、青空を切りさき、はるかな山脈をさらに遠くに吹《ふ》きとばしたかのようだった。銃声は吠《ほ》え、こだまし、静けさの中にとびこみ、何十キロとなくひびきわたって、いつまでもいつまでもつづいていた。

そして突然《とつぜん》、ふたたび完全な静けさがもどった。

マデックが何か言った。小さく平板な声。大きな銃声のあとだからだろう。いかにもつまらなそうな口ぶりだった。

「仕留《しと》めたぞ」

腹《はら》ばいのまま、ボルト（遊底《ゆうてい》）を動かす。空《から》の薬莢《やっきょう》がとびだし、ベンの足もとの小石のあいだに落ちて、カラカラと音を立ててころがる。ベンは手を伸《の》ばしてつまみあげた。思わず別の手のひらに放る。爆発《ばくはつ》と砂漠《さばく》のせいで、まだ熱かった。

マデックはゆっくりと立ちあがり、スリングを持ってライフルを引き起こした。ポケットからレンズ・キャップをとりだし、注意深くスコープの両端《りょうたん》にはめる。

「きみの伯父《おじ》さんから聞いたんだが、きみは、大学の学費をかせぐために働いているんだってね」マデックが言った。

「そうです」ベンは答えた。マデックがなぜ急に雑談を始める気になったのか、わからなかった。

マデックは、銃《じゅう》からクリップ（挿弾《そうだん》子《し》）を引き出し、ゆっくりと新しい銃弾《じゅうだん》を詰《つ》めた。

「きみ、取引をしないかね？」

クリップを銃身《じゅうしん》の中に押《お》しもどし、手のひらでポンとたたく。

マデックは顔をあげた。「どうだね？」

「どんな取引です？」

「金さ」マデックは言った。「学費だよ。きみももう知っているとおり、これは、わたしがビッグホーンを手に入れることのできる唯一《ゆいいつ》のチャンスだ。もう二度と、わたしの名前が選ばれることはない。百万年待っても、ない。だから、当然のことながら、わたしは上等のビッグホーンがほしい。自慢《じまん》できる、ほんとうによい枝角《えだづの》を持った雄羊《おひつじ》を仕留めたいんだ」

「あなたは角《つの》を見たんでしょう？」

「見たさ。しかし、ほんの一瞬《いっしゅん》だからね。一方の先端《せんたん》が欠けていたか、けんかのせいで傷《きず》だらけになっていたか、そこまでは見ていない。じっさいに角を調べてみるまでは何とも言えやしない。わかるだろう？」

「どういう取引です？」

「きみは、別に何もする必要はないんだ」マデックは言った。「しかし、わたしは一週間という日にちをついやして、大金を使って、よいビッグホーンを得ようとしている。それだけがわたしの望みだ。だから、わたしが殺した獲物《えもの》を見てみようじゃないか。しかし、もしそれが、いいビッグホーンでなかったら……」

マデックは、ベンを見つめていた。にやにや笑っている。

ベンは、ビッグホーンのことを考えた。ベンがふつうビッグホーンを見るのは、太陽がかたむき、あざやかな青色がうすれた空に、さまざまな色合いをした、やわらかな広い筋目《すじめ》が流れて、山脈が紫《むらさき》色に変わるころだった。その時刻《じこく》、羊たちは山頂《さんちょう》に立つ。じっさいのすがたより、はるかに大きく見えた。砂漠《さばく》の主《ぬし》でもあるかのように、夕空を背《せ》にしてそこに立つ。巨《きょ》大《だい》な湾曲《わんきょく》した角《つの》が、左右の均斉《きんせい》をたもって実に見事だった。ベンとマデックが頂上《ちょうじょう》まで行ったとき、あの羊は、三五八マグナム弾《だん》を食らって、小さく、わびしく、あわれっぽく見えるにちがいない。熱い岩のあいだに横たわる、血だらけの死体。大きな角が、首をぶざまな形にゆがめているだろう。

「もし、そのビッグホーンがあなたの気に入らなかったら、ぼくは何も報告しない。あなたとぼくはもう四日間、狩《か》りをつづける。そういうわけですね？」ベンはきいた。

「きみは、もともと何も報告する義務はないのだ。そうだろ？」マデックは言った。「狩りをしているのは、あくまでわたしなんだからね、わかるだろう？」

「わかります」ベンは言った。「でも、あなたの気に入るのが見つかるまで砂漠じゅうのビッグホーンを撃《う》ってまわるなんて、ぼくはいやですよ」

マデックは笑った。「ベン、それはないだろう？　わたしは、あと一頭お目にかかれるかどうかだって保証のかぎりじゃないんだぜ。だから、ボーイ・スカウトみたいなことは言うなよ。もし、いまのが上等でなかったら――どうだい、金額を倍にして、そのうえに百ドルのボーナスを払《はら》うから、狩りをつづけるというのは？　もし、その後ビッグホーンに出会えなかったら、ここにもどって、いまのやつを持って帰る。その場合でも、きみは、いまの金額をそっくりもらえるわけだ。いいだろう？」

ベンは、マデックがやったという取引のことを思い出した。いつも、だれかがだまされ――傷《きず》つくのだった。

しかし、ビッグホーンがぜったいに行かない山もある。この山とまったく同じに見えて、そのくせマデックが一生探《さが》し歩いても一頭のビッグホーンにも出会えない山がある。

「いいですよ」ベンは言った。

「けっきょく、わたしはきみに、何も法律《ほうりつ》にふれるようなことをしろと言っているわけじゃないんだ。わたしはきみに、けっこうな金を支払《しはら》って車に乗せてもらっているだけさ。何の怪《け》しからんこともないのさ」

「そうですね」ベンは言った。

「じゃ、それで決まった」マデックはそう言って、銃《じゅう》を肩《かた》にかけた。

ベンは、マデックが頂上《ちょうじょう》にのぼっていくのを見守った。マデックが石を踏《ふ》むたびに、あたりの静けさを破って、すごい音がする。ベンはいまや知っていた。山頂《さんちょう》に何が横たわっていようと、マデックは満足しないだろう。この付近で最大の雄羊《おひつじ》だったとしても、マデックは気に入るまい。

ベンは、あたりを見まわした。よく見て地形を覚えておこう。ここに、またもどってこなければならないのだから。ベンは心に決めていた。マデックにとって、いま仕留《しと》めたのが最後のビッグホーンなのだ。それがどんなビッグホーンであれ、それ以外のビッグホーンをマデックが仕留めることは、もうないのだ。

ベンは、のぼりはじめた。マデックはベンのかなり先になっていた。暑さがベンの体にのしかかるようだった。まるで、暑さがじっさいに重みを持っているかのようだった。

頁岩《けつがん》のつづくなだらかな勾配《こうばい》になった。平たい小石がブーツの下でつるつるした。もう、マデックは山頂に着いていた。すがたは岩のかげにかくれていて、三五八口径の銃口《じゅうこう》の動くのだけが見えた。

うす茶色の物体が、切り立った絶壁《ぜっぺき》の裂《さ》け目の中に横たわっているのが見えた。さっき自分たちがいた場所を見おろしてみて、ベンは、マデックの射撃《しゃげき》の腕前《うでまえ》を認《みと》めないわけにはいかなかった。

マデックが引き返してきた。案《あん》の定《じょう》だ、とベンは思った。すごい勢い。いまにもころびそうだった。ベンは、マデックを待った。マデックは仕留めた羊について、何と言うだろうか。角《つの》があまり大きくなかったと言うのか？　それとも、傷《きず》がついていたと言うのか？

まあいい、とベンは考えた。あと四日は付き合おう。でももう、あんたはビッグホーンを見ることはないんだよ。

「いやはや、わたしとしたことが……」マデックはそう言いながら、立ちどまりもせずにおりていく。「仕損じてしまった。まちがいなく仕留めたと思ったんだが、撃《う》ち損じてしまった」

ベンはマデックを見た。不快感がこみあげてきた。マデックは、雌《めす》か、角のない若《わか》い雄羊を撃ってしまったにちがいない。そして、それをごまかそうとしている。

「あなたは仕損じていませんよ」ベンは言った。「あの崖《がけ》の裂《さ》け目の中に、ころがってるじゃありませんか」

「いや」マデックはどんどんおりていきながら、肩《かた》ごしに答えた。「わたしもあれを羊だと思ったんだが、あれは岩だよ。ここへのぼってくるとちゅうでスコープがゆるんだか、それとも暑さで調子が狂《くる》ったかだ。ふつうなら、こんな射撃《しゃげき》で失敗することはないんだからね。さっきのあの群れをまた見つけられるかどうか、やってみようじゃないか」ようやくマデックは立ちどまり、こちらに向き直った。「さっきの取引はあのまま有効なんだから、きみは心配することはないのさ」

「そんなこと、心配してなんかいません」ベンは言った。

「そうかい、じゃ、行こう！　もし日没《にちぼつ》までにこの山の向こう側に出られれば、また連中にお目にかかれるかもしれん」

ベンは絶壁《ぜっぺき》を見あげた。あれは羊に決まってる。でも、マデックが嘘《うそ》をついているとしても、ぼくには関係のないことじゃないか。

「突《つ》っ立っていてもらうために金を払《はら》ってるんじゃないんだぜ」マデックが不機嫌《ふきげん》な声で言った。「ビッグホーンの狩《か》りをするために金を払ってるんだ。さあ、出発、出発」

「ちょっと待ってください。気になることがあります」ベンは静かな声で言った。「岩が血を流すなんて、聞いたことないですよ」

ベンは親指で、青白く切り立った絶壁をさした。V字型の裂け目のはしから、壁面《へきめん》を伝って血がゆっくりと流れ落ちていた。強烈《きょうれつ》な日光を浴びて、血はひどく黒ずんで見えた。暑さの中で、みるみる凝固《ぎょうこ》していく。

マデックは、うつむいたまま、ベンのところまでもどってきた。それから顔をあげ、にやりと笑った。「わたしは嘘つきだ、ベン。撃《う》ち損じやしなかったのさ。覚えてるだろ、きみはわたしに、角《つの》を確認《かくにん》するようにと言った。わたしは、角を見たと答えた。そのときも嘘をついていたんだ。わたしが撃ったのは、小さな雌《めす》だった。それをきみに言いたくなかった。そんなことを聞いたら、きみは、今度の狩りを中止してしまうかもしれないからだ。それはわかるだろう、ベン？」

ベンは肩をすくめた。「まあいいや。ともかく、あれを埋《う》めなくちゃ」

「ほっとけばいい。なぜ、埋めるんだ？」

「なぜって、鳥獣《ちょうじゅう》保護官に見つかるからです。保護官は、ヘリの上からあの雌羊《めひつじ》を見つけて、犯人《はんにん》の見当をつけるに決まっています。ほかにも理由が必要ですか？」

「空からあれは見つからんよ。わたしだって、見つけるのにえらく苦労したんだ。死体のすぐ真上にいて、そうなんだからね」

「あなたは鳥獣《ちょうじゅう》保護官じゃありません」ベンはそう言って、のぼりつづけた。

「ベン」マデックが言った。

ベンは、のぼりつづけた。

「ベン！」

ベンは、ちらりとふりかえった。

「時間がもったいないよ」マデックが言った。「保護官に見つかるなんて、めったにあるもんじゃない。それよりわたしは、死んだ羊を埋《う》めるために一日つぶすほうが惜《お》しいんだ。さあ、きみ、出かけようじゃないか」

しゃくだけれど、マデックはいつでも的《まと》を射《い》たことを言う。たしかに、重い羊の死体をふもとまで引きずりおろして砂《すな》に埋めたところで、どうということはない。放っておいても、ハゲタカが夜明けまでにはかたづけてくれるだろう。日暮《ひぐ》れになれば、コヨーテだってあらわれる。数本の骨《ほね》が散らかっているだけになってしまう。それだって、すぐにネズミたちがかたづけてしまうにちがいない。

それに、たとえ、この男が魚類鳥獣保護局につかまったところで、ぼくの知ったことじゃない。そう、ベンは思った。

ベンはもう一度、血の流れていた壁面《へきめん》を見あげた。血は、すっかりかわいていた。

ベンは、断崖《だんがい》のあの裂《さ》け目のそばまで来ていた。視角《しかく》がこれまでとはちがっていた。それで、裂け目の奥《おく》のほうまで見ることができた。

白髪《はくはつ》の男がベンを見返していた。男の目は、かすんだ、スキム・ミルクのような青い色だった。大きく見開かれていた。口も開いていた。その口から、血がひと筋《すじ》、流れ出し、頰《ほお》を伝って石の上にしたたり落ちていた。

2　死んだ老人

三五八マグナム弾《だん》の威力《いりょく》は、すさまじかった。男の肺《はい》が、背中《せなか》の外にとびだしていた。老人だった。長く砂漠《さばく》に住んでいたにちがいない。首の皮膚《ひふ》は赤 銅色《しゃくどういろ》で、ごわごわして、まるで古いなめし革《がわ》だった。汗《あせ》のしみこんだ、うすぎたないフェルト帽《ぼう》が頭からぬげかかっていた。不潔な白い髪《かみ》の毛がまばらに生え、頭皮は青白かった。その青白さは、赤銅色の首と出会うところで、くっきりとした線を描《えが》き出していた。茶色っぽいウールのシャツ。長袖《ながそで》のボタンを手首のところでとめている。デニムのズボンは、色あせて、男の目と同じ色合いだ。片手はまだ、金属鉱物探知器《たんちき》のハンドルをにぎっている。死体の前にころがった探知器の、丸い金属盤《ばん》が光っている。

ベンはひざまずき、男をそっとあお向けにした。帽子《ぼうし》はもうすっかりはずれてしまい、開いた両眼と灰《はい》色の頬《ほお》に、太陽がまともに照りつけた。わずかに残っている歯は、長く、よごれて、すりへった牙《きば》のようだった。サスペンダーがズボンをつるしていたが、一本は銃撃《じゅうげき》によって断ち切られていた。

シャツもズボンも、くしゃくしゃになっていた。

ベンは、この男を一度も見たことがなかった。ちょっと不思議な気がした。なぜなら、ベンは、この寂《さび》しい丘陵《きゅうりょう》地帯をいまだにうろついている老いたる山師《やまし》たちのほとんどと、顔見知りだったからだ。彼《かれ》らは、この丘陵地帯を、ただひたすらうろつきまわっている。もはや夢も希望もあるわけではない。人間の住む土地にいるよりも砂漠にいるほうが幸せな連中なのだ。

「きみは信じてくれないだろうが」と、マデックは言った。ベンの後ろに立ち、死んだ男を見おろしていた。「しかし、わたしはちらりと見ただけだった。角《つの》がないのを見ただけなんだ。それ以上は見えなかった。雌《めす》を撃《う》ってしまったと思ったんだよ」

「でも、そうじゃなかった」ベンは、老人の帽子を顔にかぶせてやった。

「この男を知っているのかね？」

「いいえ」と答えて、ベンは立ちあがった。

マデックの顔を見ないまま、ベンは、ホーネット銃《じゅう》をとりあげて言った。「ぼくは下へおりて、ジープをできるだけ高いところまで運んできます。それからグラウンドシートを持ってきます。グラウンドシートをライフル二挺《ちょう》に結《ゆ》わえつければ、この人を運びおろせますからね」

「ライフルは置いていったらどうだ」マデックは言って、ホーネットに手を伸《の》ばした。「いまはいらないだろう？」

ベンは、ホーネットをマデックにわたし、おりはじめた。切り立った崖《がけ》をくだり、頁岩《けつがん》のつづくゆるい勾配《こうばい》を通る。

ジープをあげる道を見つけながら、長い傾斜地《けいしゃち》をくだる。マデックのことは全然考えないようにした。頭の中で、必要な物品のリストをつくった。グラウンドシート、ロープ、死体を包む毛布――何も毛布をよごすことはないのじゃないかと、ちらりと思った。が、すぐ考え直した。やはり毛布を使おう。それが当然だ。

死体を運びおろしてジープにのせ、砂漠《さばく》をあとにするころには、真夜中を過ぎてしまうだろう。まず、だれに連絡《れんらく》したらいいのか。保安官か？　ハイウェイ・パトロールか？　治安判事か？　たぶんマデックが知っているだろう。

かわいそうな老人だ。こんなところで、たった一人。何十キロもつづく広い砂漠の中に一人ぼっち。歩きまわり、少しかがんで探知器《たんちき》を地面に向けて差し出し、何時間となく耳をかたむけている。金や銀のありかを知らせる音は聞こえないか、と。しかし、決してそれを聞くことはない。実のところ、自分でも、それを聞くことなど期待してはいない。ただ、この砂漠のどまんなかに、一人きりでいるだけ。

ジープは熱かった。なかなかスタートしなかった。が、ようやく動かし、斜面《しゃめん》をのぼりはじめた。マデックのすがたはどこにも見えなかった。ただ、V字型の裂《さ》け目のある白い断崖《だんがい》だけが見えた。断崖の影《かげ》があたりに伸びはじめている。

年老いた山師《やまし》たちには、奇妙《きみょう》な共通点がある。彼《かれ》らにとっては、砂漠だけが世界なのだ。彼らは、砂漠に来る前にどこにいたかを、決して言わない。自分の子どものころのこと、自分の子どもたちのこと、あるいは妻や親たちのことを、決して話さない。ゲームをやって遊んだことがあるのか、学校へ行ったことがあるのか、だれかを愛したことがあるのか、そういったことを聞き出そうとしてもむだだ。砂漠にやってきたこと、砂漠をうろついて日を送っていること、それだけが老人たちの人生なのだ。

老人たちのだれもが、一度だけは金鉱を探《さが》しあてたことがある。純金《じゅんきん》が、地面にぴかぴか光って横たわっていた。老人たちは、それにちゃんとマークをつけ、杭《くい》を打って自分の土地であることを示し、それから、山の形や、一千年ものあいだそこに生えているビショップ・パインの木をよく見て、その場所を正確に覚えておく。もどってきたときには、たとえ暗闇《くらやみ》の中でだって、金を見つけることができるはずだ。

ところが、新しい採掘《さいくつ》道具を持ってもどってきたとき、ぜったいにその場所を見つけることができない。以前に金を見た場所に横たわっているのは、金ではない。石ころと砂《すな》だけだ。

老人たちには苗字《みょうじ》がない。サム、ハードロック、ウォルト、ジークなどと呼《よ》ばれるだけ。住所もわからない。デスヴァレーとか、モハーヴェとか、ソノーラとかいう砂漠《さばく》の名前だけ。近親者もいない。

ベンは、三十分かけて、ジープをできるだけ高くまで乗りあげた。午後の炎熱《えんねつ》の中で死体を運ぶのは、なるべく短い距離《きょり》のほうがいい。しかし、勾配《こうばい》がひどく急になり、ジープがひっくりかえりそうなほどになると、車首をめぐらしてふもとのほうを向かせた。それからギアを入れて、歩きはじめた。

半道《はんみち》ばかり歩いたが、まだマデックのすがたは見えない。そのとき、銃声《じゅうせい》がした。

ベンは、反射的《はんしゃてき》に岩かげに身をかがめ、それから照れくさくなった。マデックが何をねらって撃《う》っているのかはわからない。だが、ベンをねらっているのでないことは、たしかだ。

ふたたび銃声がした。今度は、のぼりつづけながら聞いた。三五八口径の轟音《ごうおん》ではなかった。ホーネットの、するどい、はじけるような音だった。

あのばか、何をやってるんだ、とベンは思った。右肩《かた》は、たたんだナイロン製のグラウンドシートがずしりと重い。左肩にも、巻《ま》いたロープとウールの毛布の重みがのしかかる。ベンは汗《あせ》みどろだった。

マデックは、平場《ひらば》にできた、わずかばかりの日かげに腰《こし》をおろしていた。膝《ひざ》にのせたホーネットをしげしげとながめている。ベンは、マデックに歩みよった。

「今度は何を撃ってるんです？」

「なかなかいい銃《じゅう》だな」マデックはホーネットを持ちあげて、そう言った。「こいつを撃ったのは初めてだ。弾道《だんどう》もフラットで、いい。初速はどのくらいだ？」

マデックは死体を動かしていた。死んだ老人は、近くの岩にもたせかけられていた。がっくりと首をたれて、だらしなくすわった格好になっている。

「さあ」ベンは、とりあわずに言った。グラウンドシートを地面に落として、広げた。「担架《たんか》をつくりましょう」

マデックは動かなかった。「まったくおどろいたよ。いまどき、身分を証明するものを何ひとつ持たずにうろついている男がいるとはね。運転免許《めんきょ》証《しょう》もない。社会保障《ほしょう》カードもない」マデックはけらけらと笑った。「クレジット・カードもないときてる。この男が何者かを証明するものは、何もないんだ。しかも、十セント硬貨《こうか》さえ持っていない」

ベンは、シートの二つのはしを折ってまんなかで合わせ、ロープで結び合わした。

「名前もわからん」マデックは言った。「身元もわからん。まるで生きてなかったも同然だ」

ベンは、マデックを見やった。マデックは日かげにすわっている。ホーネットは膝の上、三五八口径は足のわきだ。二挺《ちょう》のライフルを離《はな》して固定するものがないから、老人を運ぶのは厄《やっ》介《かい》なことになりそうだ。

「砂《さ》漠《ばく》の中をほっつきまわっているこういう変わり者のじいさんたちは、みんな、何かから逃《に》げてきたのだよ」マデックは言った。「女房《にょうぼう》から逃げてきたのもいるだろうし、法律《ほうりつ》や借金とりから逃げてきたのもいるだろう。連中がほんとうは何者か、だれにもわからん。このじいさんぐらいの年配だと、もう、めっぽう長い年月、砂漠に住みついていたはずだ。世間からはすっかり忘《わす》れられているのさ」

ベンは、ロープの両はしを長く残しておいた。死体をライフルに結《ゆ》わえつけるためだ。それから老人のそばに行き、毛布を広げた。「手を貸してください、マデック。この人を毛布で包んで、ライフルに結わえましょう」

マデックは動かなかった。「ちょっと話そうじゃないか、ベン」

「何を、です？」

「この事件は純粋《じゅんすい》な事故だった。きみもそれは知ってるよね、ベン？」

「さあ、何と言ったらいいか」ベンは言った。「何かが動いていた、ただそれだけの理由で銃《じゅう》を発射《はっしゃ》するっていうのは……どうもね」

「それはちがうよ」マデックは言った。「わたしは、ほんとうにビッグホーンだと思ったのさ。

きみだってビッグホーンだと思った。わたしもきみも、やつらがここに立っているのを見たばかりだった。やつらが行ってしまったとき、わたしは、やつらがわれわれに気づいたのだと思った。やつらは、ほんとうは、このじいさんが近づいたので逃げ出したのだが、そんなこと、わたしにわかるわけないだろう？」

「そうですね」ベンは言った。「あれは事故でした。だから、この人を運びおろそうじゃないですか」

「そこんところを話し合いたいんだよ、ベン。この名無しの身元不明のじいさんは、死んでしまった。これについて、われわれは何の打つ手もない」

老人はソックスをはいていなかった。片方のブーツは、靴《くつ》ひもの代わりに針金《はりがね》が通してあった。ベンは、老人を持ちあげた。砂漠のハエが死体の顔の上に群がっていた。毛布の上におろす。体の下になった腕《うで》を引き出してやる。腕は泥《どろ》と血でよごれていた。

「何ひとつできない」マデックは言った。「そして、そんなことは、じっさい、どうでもいいことなんだ。そうだろ？　冷酷《れいこく》に聞こえるのはわかっている。しかし、これは事実だよ、ベン。だれ一人として、このじいさんが生きているか死んでいるか気にする人はいない。このじいさんの帰りを家で待っている人はいない。なぜって、じいさんの唯一《ゆいいつ》の家は、この砂漠なんだからね」

ベンは、憤然《ふんぜん》として毛布のはしでハエを追いはらい、それから、毛布で死体を包んだ。見開いている目を、開いた口を、無残な遺体《いたい》を、おおった。ハエの群れは毛布の上にとまった。

「手を貸してくれませんか？」ベンは頼《たの》んだ。

「このことをよく考えてみようじゃないか」マデックは言った。「もし、われわれがこのじいさんを町へ運んでいったら、大騒動《おおそうどう》が起こることになる。そもそも起こる必要もなく、けっきょくは何の意味もない大騒動だ。ただただ、法律上《ほうりつ》そういう手続きをとらなきゃならないからというだけのことだ。判事やら弁護士やらが集まって、裁判《さいばん》をやらなきゃならん。まさに時間と金のむだづかいだ。そして、そんな七面倒《しちめんどう》なことをやったあげく、結論《けつろん》はどうなると思う？死は偶然《ぐうぜん》の事故によるものだった。だれの責任でもない。わたしのでもない、きみのでもない……」

「もちろん、ぼくのじゃありませんよ」ベンは言った。

「もちろん、そうだ。それで、何週間もついやしてすべての手続きが終了《しゅうりょう》したあとで、どういうことになる？　振《ふ》り出しにもどるだけだ。ただ、一人の孤独《こどく》な年寄りが死んだというだけのことだ。だれも罰《ばっ》せられはしない。弔慰金《ちょういきん》を払《はら》ってやるべき人もいない。身寄りがないのだからね。ベン、きみにきくが、いったいどういう理由があって、われわれをこの騒《さわ》ぎに引きずりこむんだね？」

「あなたは、この人をここに野ざらしにしておけと言うんですか？」ベンはきいた。

「とんでもない！　われわれの手できちんと埋葬《まいそう》してやるのさ。わたしは信心深い人間だ。この男のためにお祈《いの》りをささげてやるつもりだ」

ベンはマデックを見おろした。「あなたみたいな人には、二度と会いたくありませんね」

「そんな言い方はないだろう、ベン。わたしを信じてくれ。このじいさんに息子《むすこ》か娘《むすめ》でもいるのなら、見つけ出して困《こま》らないようにしてやりたいのはやまやまだ。しかし、ちょっと考えてみたまえよ、ベン。きみは、生まれてからずっとこの砂漠《さばく》にいたのに、このじいさんに会ったことがない。そうだろ？　きみは、彼《かれ》がだれかを知らない。そしてわたしが思うに、だれもそれを知らない。ただの年老いた浮浪者《ふろうしゃ》さ。だから、ばかげた裁判騒ぎに巻《ま》きこまれるのは、よしにしようぜ。きみはすぐに学校にもどりたいんだろ？　こんな騒ぎにかかわりあったりしたら、学校へもどるのが、下手《へた》すると来年になってしまうぞ」

「おかしなことを言いますね。ぼくはこの事件の当事者じゃありませんよ」ベンは言った。

「ぼくは、だれも撃《う》ってはいないんですからね」

マデックは、ベンを見つめて微笑《びしょう》した。「きみは、一度も警察《けいさつ》の連中とかかわりあったことはないんだね。この事件の目撃者《もくげきしゃ》として、きみはもう当事者になっているんだ。そして、いいかね、連中ときたら、ごたごたを、何週間も何か月も長引かすことができるんだ！」

「手を貸してくれませんか」ベンは言った。

マデックは動かなかった。岩にもたれたまま、ベンを見つめていた。やがて、低い、悲しげな声で言った。「わかった。きみは、わたしが罰《ばっ》せられるのが望みなんだな。そうか、その気持ちはわかるよ、ベン。あれは事故ではあったけれども、きみの考えとしては、わたしは罰せられるべきだというわけだな？」

「ぼくは、あなたが罰せられるかどうかなんてこと、気にしていません」ベンは言った。「そんなこと、考えてもいませんでした。ぼくはただ、だれかが撃《う》たれたら保安官に知らせなければならない、と思っているだけです。そういう決まりになっているんです」

「そういう決まりだと、ひとが言っているだけさ。ぜひ、この事件のポイントをわかってほしいな、ベン。裁判《さいばん》になったところで、だれも罰せられる者はいない。法律《ほうりつ》が知りたいのは、あれが殺人かそれとも事故か、ということだけだからね。そしていま、きみがわたしと同様、知っているとおり、あれは殺人じゃなかった。それなのに、なぜ、面倒《めんどう》なことを始めるのだ？率直に言おう、ベン。わたしは、裁判なんぞにかかずらっているひまはないんだ。それだけの時間をむだにしないですむってことは、わたしにとっては大いに値打《ねう》ちのあることだ。だから、きみにとっても大いに値打ちのあることにしてあげようじゃないか。学位を取るまでに、どれだけの学費が必要なんだね？」

「たいした額じゃありません」

「言ってみたまえ、わたしが払《はら》ってあげようじゃないか」

「ライフルをわたしてください」

マデックは三五八口径をとりあげ、立ちあがった。ホーネットは肩《かた》にかけた。「ベン、もう一度言うが……」

「言わなくてけっこうです」ベンは言った。「だれかが撃たれたら保安官のところへ行って話す。それがぼくのやり方です」

「いいかね、ベン、もう一度言うが、この件を、わたしの立場になって見てほしいんだ。そうしてくれれば、きみの学費は全額、わたしが面倒を見る。学位を取ったら、きみの望みの石油会社に就 職《しゅうしょく》させてやる。さあ、いい取引だろう、ベン？　くだらない法律のために断わる手はないぞ」

「あなたとは何の取引もしたくありません」ベンはマデックに言った。「そして、あなたが少しくらい不自由な目にあったって、ぼくはかまいません。なにしろ、あなたは人間を撃ち殺したんですからね。ぼくは保安官のところに行きます」

マデックは、三五八口径ライフルを片腕《かたうで》でかかえて、ポケットをまさぐった。「これは三五八マグナム弾《だん》だ。これがこの男を殺したのだ」そう言って、手を差し出した。

重い銃弾《じゅうだん》は、鉛《なまり》と真鍮《しんちゅう》の不細工《ぶさいく》なかたまりでしかなかった。

「それで？」ベンはきいた。

「毛布を開いてみたまえ」マデックは言った。銃弾はポケットにまたおさめている。

「なぜ？」

「見せたいものがあるんだ」

ベンは毛布を開いた。

「彼《かれ》は胸《むね》を撃《う》たれている」マデックが言った。

「知ってます」

「喉《のど》も撃たれているんだ」

老人の喉の、なめし革《がわ》のような皮膚《ひふ》に、小さな黒っぽい傷《きず》があるのをベンは見た。

信じられなかった。いったい、どういうことなのだ？

「わたしのポケットに三五八銃弾がある」マデックが言った。「そしてこのあたりのどこかに、ホーネットの弾《たま》が二つころがっているはずだ。ホーネットの薬莢《やっきょう》も二つ、この下のほうにあるはずだ」

ベンは、ふたたび毛布を老人にかぶせて、立ちあがった。

マデックは、三五八口径銃《じゅう》をいまでは両手で持っていた。銃口《じゅうこう》を下にして、右手の指はトリガー・ガード（用心金《がね》）にゆったりと置いている。

「じいさんを撃ったのがだれであれ」マデックは静かに言った。「偶然《ぐうぜん》にやったんじゃないんだ、ベン。人間を二回も偶然に撃つなんてことは、ないからね」

3　狂気《きょうき》の計画

「ねえ、ベン」マデックが言った。岩にもたれて、ライフルはまだ両手で持っている。「われわれは、この出来事について、まだ完全には考えぬいていない」

「あなたは考えぬいたんでしょう？」ベンは言った。「いったい何をたくらんでいるんです？この人がホーネットで殺されたと見せかけるつもりなんですか？」

「いいかね」マデックは、ベンにとりあわなかった。「きみは、わたしがいままでやってきたのと同じことをやっている。すぐ結論《けつろん》にとびついて、事実を調べようとしない。だから、どうだね、まず冷静になって、事件の経過をふりかえってみようじゃないか。われわれとしてどうしたらいちばんいいか、見てみようじゃないか。さあ、最初から始めよう」

「それより、これから始めませんか？」ベンは言った。「あなたは足を持ってください。ぼくが頭を持ちます。この人を運びおろしましょうよ。なぜって、二二口径のホーネットで撃《う》たれて肺《はい》が背中《せなか》の外にとびだすなんてこと、だれも信じやしませんから」

マデックが、たしなめるような、教師のような口調で言った。「ベン、きみは、ひとの言うことを聞いていないんだなあ。きみは、物事を完全に考えぬかないんだね。たとえばだよ、こんなことだってありうるんだ。この男が撃たれて死んだ、そのずっとあとになってまた撃たれる、今度は三五八口径でだ。たぶん、多少の混乱《こんらん》をもたらすためか、あるいは、罪をほかのだれかになすりつけるためだ。それから、コヨーテやハゲタカがさんざん死体を痛《いた》めて証拠《しょうこ》をあらかたなくしてしまうってことも、忘《わす》れちゃいけないよ」

「死体を連中にふれさせなければ、そんなことにはなりませんよ」

「それは、そのとおりだ」マデックは同意した。「しかし、こういうことだってある。いいかね、ベン。いま、ふと思ったんだが、小さな孤立《こりつ》した町に住んでいる人たちというのは、大都市の生活習慣になじんでいる人間とものの考え方がちがうかもしれない」マデックは突然《とつぜん》、けらけらと笑った。「それに、これはきみも気づいているかもしれないんだが、わたしにはどうも――それが何なのかはわからんが――ときどき、人をいらだたせるようなところがあるんだ」

「それが何か、ぼくは知ってます」ベンは静かに言った。「あなたは、自分にとって必要なものは何でも金で買えると思っている。それを露骨《ろこつ》にあらわすんです」

「そうかもしれんな」マデックが言った。「わたしは、自分の思いどおりに行動しすぎるんだろうな。それは自分でも気にしているんだよ。いいかね、もし、われわれがこのじいさんを町へ運んでいけば、裁判《さいばん》になる。そしておそらく、裁判にかかわる人たちは、少し先入観を持っているだろう。わたしのほうが自分たちより羽振《はぶ》りがいいものだから、若干《じゃっかん》うらやましく思うかもしれん。小さな孤立《こりつ》した砂漠《さばく》の町の住人から選ばれる陪審員《ばいしんいん》は、当然、わたしのような人間にたいして偏見《へんけん》を持つだろう。そう思わないかね、ベン？」

「さあ、どうでしょう」

「だからさ。話はこうだ。陪審員は先入観を持っている。裁判官だって偏見を持っているにちがいない。そういう裁判では、このじいさんの死が、完全に事故であったかどうかが問題の中心になる。きみもわたしも知っているように、この男を殺すなんて意図《いと》はまったくなかった。しかし裁判では、その事故がほんとうに避《さ》けられなかったかどうかが焦点《しょうてん》になる。さて、もし陪審が、証拠《しょうこ》からみて、こう結論《けつろん》したとする——たしかにわたしにはこの男を殺す意図はなかったが、事故は避けうる性質のものであった、と。そうなると厄介《やっかい》なことになってくる。わかるかね？」

「マデック、あなたは、ありのままのことを言ったほうが、ずっとうまく行ったかもしれないんです。ぼくの町の人たちに、この老人がホーネットの二つの弾丸《だんがん》で殺されたなんて話を信じさせようとしたって、無理ですよ」ベンは、そう言った。

「ベン、おどろかさないでくれよ。もうとっくに、きみにはわかっていると思っていたのに。わたしは、そんな、うまく行ったかもしれない、なんていい加減な見込《みこ》みによって行動する人間じゃないんだ。たとえばだよ、さっき、わたしはきみのライフルを使った。あとになって何かの役に立つ可能性があるからだ。あるいは、何の役にも立たないかもしれない。それは、いま気にしてもしかたのないことだ。わたしが言いたいのは、きみの意見にしたがって死体を町に運んでいった場合に、何が起こるかだ。裁判が行なわれることになる。陪審員が選ばれる。陪審員は物事を少しひねって解釈《かいしゃく》するものだ。きみの証言をねじまげて、きみの気持ちとは全然ちがう意味に受けとめてしまうかもしれない。事実――」マデックは、ほほえみかけながら言った。「きみ自身、多少先入観を持っているんだよ、ベン。そして、それは自然にあらわれるものだ。きみの証言は完全に正直なものだろう。それはわかっている。しかし、きみの先入観が、無意識のうちにきみの証言を多少ゆがめているかもしれない。その結果、陪審が、この事故は避けうるものだったと思ってしまうことも考えられる」

マデックは、岩にもたれたまま体を少しずらし、じっとベンを見つめた。「きみとわたしは、角《つの》を見たか見ないかで、ちょっと言い合った。きみがそれを法廷《ほうてい》で証言したとする。そうすると、ずっと砂漠で暮《く》らしてきた人たちは、こうとるかもしれないのだ――きみの言葉は、ただの何気《なにげ》ない発言ではなくて、撃《う》ってはいけないという忠告《ちゅうこく》だったのだ、と。さて、もしきみの証言のせいで彼《かれ》らがそう思ったとすると、彼らは当然、こう結論《けつろん》するだろう——これは完全な偶発《ぐうはつ》事故とはいえない、と」

「あなたこそ、ずいぶんねじまがったものの考え方をするじゃないですか」ベンは言った。「砂漠《さばく》の中の小さな町だからといって、そこの人たちは、よその人より下等でも愚《おろ》かでもありませんよ。真実を聞けば、よその人と同様にすぐ信じます。あなたが、都会の人だということでうらやましがられていると思っているのでしたら、それもちがいます。ぼくの町の人たちは、自分の住んでいる土地を愛しています。だからこそ、そこに住んでいるんです」

「それはどうかな？」マデックは言った。「しかし、さっきも言ったように、わたしは単なる見込《みこ》みでは動かない。裁判《さいばん》でのきみの証言しだいでは、わたしは投獄《とうごく》されるかもしれないんだよ、ベン」

「何が望みなんです？　あなたが角《つの》を見たと言ったことを、ぼくに、忘《わす》れろとでも言うんですか？」

「何を言うんだ」マデックは言った。「法廷《ほうてい》で偽証《ぎしょう》をしろなどと、わたしが言うわけがない。しかし、ベン、きみが、きみの証言しだいではわたしが有罪になるかもしれん、有罪になって投獄されるかもしれんってことに同意してくれたのは、うれしい。わたしは、刑務所《けいむしょ》に行くつもりなんぞ毛頭《もうとう》ないんだ。そんなことは願い下げだ」

「この老人だって、ライフルで撃《う》たれるのなんて願い下げだったでしょうね」

マデックは、遺体《いたい》をくるんだ毛布をちらりと見おろし、それから、三五八口径の銃《じゅう》を少し動かした。銃口《じゅうこう》を上へ持ちあげた。「まだ、わたしの話がよくわかっていないようだね、ベン。教えてほしいんだよ、砂漠で迷った人間は、よく錯乱《さくらん》状態になって着ているものをぬいでしまうっていうが、それはほんとうなのかね？」

ベンが感じたのは、正確には恐怖《きょうふ》ではなかった。不安でさえなかった。もっと肉体的な感覚だった。寒気《さむけ》――。寒気が肩甲骨《けんこうこつ》をわしづかみにしていた。いま、ベンにはわかっていた。ホーネットの銃弾《じゅうだん》のつくった黒い傷口《きずぐち》を見た瞬間《しゅんかん》から、こういうことになるのを感じていたのだ。

ベンは、とほうにくれていた。自分は何というばかなのかと思った。決断をくだし、行動に移り、自分を守るべき時は、すでに過ぎてしまった。いまやもう、遅《おそ》すぎる。

「そういう話、聞いたことはあります」と、ベンは言った。

「じゃ、ベン、きみの帽子《ぼうし》をこっちにわたしてくれないか」

今度は恐怖がおそった。まぎれもない恐怖。漠然《ばくぜん》とした不安だったものが、するどい、明確な恐怖に変わっている。

自分がばかだったのだ。事態をまともに見ようとせず、考えぬこうとしないまま、マデックをここまでつけあがらせてしまった。

「そんなことをやっても、うまく行くわけがない」ベンは言った。

「いや、うまく行くさ。帽子《ぼうし》とシャツをわたしたまえ。ブーツもだ」

「わたさなかったら？」

「やむをえない。別の手段《しゅだん》に訴《うった》えることになる」マデックは、にやにやしはじめた。「信じてくれたまえ、ベン。やりたくてやるわけじゃない。やらざるをえないから、やるのだ。わたしが実行するかしないかは、完全にきみの気持ちしだいなんだよ」

マデックの親指が、ゆっくりと慎重《しんちょう》に動いた。青色をした鋼鉄《こうてつ》の安全装置《そうち》がカチッと音を立てて持ちあがるのを、ベンは見た。

マデックの人さし指がトリガー・ガード（用心金《がね》）に入り、屈曲《くっきょく》した引き金の上に置かれた。

ベンは、まだ信じられない気持ちだった。人間に、こんなことが思いつけるものなのか。こんなに冷静に、意識的に、こういう行為《こうい》のできる人間が、この世にいるのか。

「きみが決断しやすいように」マデックは言った。「わたしの計画を説明してあげよう」

「いや、聞かなくてもわかっているよ」ベンは言った。「あんたは、これを殺人のように見せかけようとしている。あんたは、この人の体に」ベンは、毛布のほうへ向かってあごをしゃくった。「そのための細工《さいく》をした。今度は、ぼくが、ぜったいにそれを否定《ひてい》できないようにしようとしている」

「察しがいいぞ」マデックは言った。「まさにそのとおりだ。だから、わたしの計画をぜひ話させてほしいんだ。きみだって知りたいのじゃないかね？」

ベンは、ジープのことを考えた。自分が腹立《はらだ》たしかった。しかし、こんなとほうもないことが起こるなんて、だれにだって予想できるものではない。

ジープの周囲少なくとも百メートルは、のっぺらぼうの地面だ。その先の下り坂は、もっと長い距離《きょり》にわたって岩も何もない。かくれる場所は、ないのだ。走ったとしても、頁岩《けつがん》につまずいてころんでしまう。ジープまで半分も行かないうちに、三五八口径銃《じゅう》に撃《う》ちたおされてしまう。

「知りたいね」ベンは言った。

「つまり、こういうことさ。きみは、正直な、法律《ほうりつ》を尊重《そんちょう》する青年だ。だからこそ、わたしはきみを信用できんのだ。たとえきみが、ここで角《つの》のことを話し合ったってことを忘《わす》れると約束したところで、いったん宣誓《せんせい》をして法廷《ほうてい》に立てば、きみはすぐに動揺《どうよう》する。そうに決まってる。わたしとしては、そんな危《あぶ》ない橋はわたれないんだよ」

「あんたの計画のほうが、ずっと危ないと思うけど」

「いや、そんなことはない。わたしじゃなくて、きみが、このじいさんを撃《う》ったという主張は、とりあげられて、だれもがそれを信じるにちがいない。ま、じっさいにこの方法で行くかどうかは、完全にきみしだいだがね。だから、今度は、ほかにどんな方法があるかを議論《ぎろん》しようじゃないか。第一に、わたしは、きみをいま撃つことができる。これがいちばん単純《たんじゅん》で手っ取り早い解決策《さく》と見えるかもしれん。しかし、このやり方で厄介《やっかい》なのは、これが計画性を必要とすることだ。多くの事柄《ことがら》について、きわめて綿密《めんみつ》につじつまを合わせなければならない。どんなに周到《しゅうとう》に計画した殺人だって、致命的《ちめいてき》な誤《あやま》りをおかしている可能性がつねにあるのだ。だから、きみが固執《こしつ》しないかぎり、殺人という方法は除外《じょがい》しようじゃないか。どうだね？」

「賛成だね」ベンは言った。

「第二の方法は、きみが、自分のブーツとシャツと帽子《ぼうし》とをとって、それを地面に置くってことだ。それから、ポケットのものを全部出す。ズボンは、はいていてよろしい。だが、ソックスはだめだ。いちばん近いハイウェイまでどのくらいあるかな？」

ベンは西を見た。山脈が黒々と連なっている。太陽がその向こうに沈《しず》みかけているのだ。

「約七十二キロ」

「よろしい。じゃ、日光をさえぎる衣服もなく、足を守る靴《くつ》もなく、食糧《しょくりょう》も水もなく、その道のりを歩くんだな」

「やってみせるさ」ベンは言った。

「たぶんな。しかし、万一そうなったところで、どうということはない。きみが歩きとおしたとしても、きみの話とわたしの話とは、まったく食いちがっているんだからな」

「マデック」ベンは静かに言った。「あんた、ぼくの生まれた町の人たちがあんたの話を信じると、ほんとに思っているのかい。ぼくが、生まれて初めて出会った年寄りの山師《やまし》を意図的《いとてき》に射殺《しゃさつ》したなんて話、信じる人がいるものか」

「たぶん、信じないだろうね」マデックは言った。「しかし、いいかね、ここが肝腎《かんじん》なんだが、町の人たちは、きみの話だって信じやしないのさ。だれだって信じないさ、人間が人間にたいして、こんな仕打ちが――つまり、わたしがきみにたいしてやるような仕打ちが――できるなどとは、ね。彼《かれ》らは、きみの話をうたがわざるをえないんだ。なぜなら、少しでも考えてみれば、それがいかに常識はずれで非論理的《ろんりてき》かがわかるのだから。一方、わたしのほうの話は、非常に論理的で思慮《しりょ》深いものだから、けっきょくは、だれもが信じざるをえないのだ」

マデックはつづけた。「ま、そんなことも全部、じっさいには問題にならない。なぜなら、きみがこの七十二キロを生きて歩きとおす気づかいはないんだからね、ベン。水があれば別かもしれないが、わたしは、きみが水を得られないようにしてやるつもりだ。きみにずっとつきまとって、いろいろと邪魔立《じゃまだ》てするつもりなんだ」

ベンは呆然《ぼうぜん》としていた。重苦しい暑さと完全な静けさの中で、ベンは、マデックがほんとうにいまの言葉を口にしたのか、信じられない思いだった。

「あんたは正気じゃない、マデック」ベンは言った。「ばかを言うのはやめて、さ、この老人をジープに乗せようじゃないか」

突然《とつぜん》、衝撃《しょうげき》を感じた。右足をのせていた石が、ハンマーでたたかれたみたいだった。膝《ひざ》から下が無感覚になり、股《また》から腹《はら》にかけてするどい痛《いた》みが走った。

ベンは地面を見おろした。石のあったところに穴《あな》ができていた。三五八口径の炸裂音《さくれつおん》が聞こえたのは、それからだった。

無感覚な足をそっとおろした。地面に足が着くのを見とどけてから、マデックに目をやった。

「さあ、どうする、ベン?」マデックは静かにきいた。新しい銃弾《じゅうだん》を、ボルト（遊底《ゆうてい》）で銃身《じゅうしん》に押《お》しこんだ。

ベンは、じっとたたずんで、マデックを見つめていた。突然、無力感も、混乱《こんらん》も、恐怖感《きょうふかん》さえも消えてしまった。不思議なことに、マデックにたいして何も感じなかった。憎《にく》しみも、嫌悪《けんお》さえも感じない。マデックという人間はいなくなり、ただ、ベンがいま取り組むべきこの問題の一部分でしかなくなった。

ベンは、手の打ちようがなかった。銃《じゅう》に立ち向かおうと、逃《に》げ出そうと、どっちにしても、けっきょく殺されてしまうだけだ。

ベンは、帽子《ぼうし》をとり、マデックの足もとに放り投げた。シャツをぬいだ。片足ずつブーツとソックスをぬいだ。地面に置いた。ポケットを空《から》にして、ポケットの底を外に出した。上半身裸《はだか》になった。その格好でマデックを見た。「いいかい？」

マデックは明るい声で言った。「気が変わったよ、ベン」

「そのほうがいいね」

「ズボンもぬぐんだ。ショーツは、はいていていい。サングラスもとるんだぞ」

ベンは、ベルトのバックルをはずしはじめた。それから手をとめた。「あんたは、いくつかの質問に答えるのを逃《のが》れるだけのために、人を殺すことができるのかい？　せいぜい二、三か月刑務所《けいむしょ》に入るだけのことなのに、それがいやさに、人を殺すのかい？」

「きみはどういう人間なのかな？」マデックは言った。まだ明るい声音《こわね》だった。「ほんとうに学業は優秀《ゆうしゅう》なのかね？　天才なのかね？」

こんなときに大学の成績のことを思い出すのは、奇妙《きみょう》な感じだった。「ぼくは天才じゃないよ」

「きみはただの若僧《わかぞう》さ。二十二歳《さい》。やとう前に、きみのことはだいたい聞いておいた。気のいい青年だ。勤勉《きんべん》で、地質学者志望。両親はいない。独身。女の友だちは何人かいるが、ほんとうの恋人《こいびと》はいない。この三日間砂漠《さばく》で付き合ってきて、きみについてはそれ以外のことも多く知った。きみはつまらん人間だ。将来《しょうらい》、出世する見込《みこ》みもない。きみは負け犬だよ、ベン。世界じゅうに掃《は》いて捨《す》てるほどいる、有象無象《うぞうむぞう》の一人でしかない」

「あんたみたいな人が大勢いても困《こま》るけどね」ベンは言った。

「そう思う人もいるかもしれん」マデックは静かに言った。「しかし、わたしは何者かね？　わたしはカリフォルニアにある会社の社長で、ただ一人のオーナーだ。ゼネラル・モーターズみたいに巨大《きょだい》なもんじゃない。しかし、わたしは六百人からの人間を使っている。妻もあり、すばらしい子どもも二人いる。こういう人たち全員――六百人の社員と、わたしの妻子――が、毎日食事をし、心安らかに生きていくうえで、わたしを頼《たよ》りにしている。わたしは、こういう人たちにとって重要な存在《そんざい》なのだ。そして、わたしのビジネスにおいては、わたしが投獄《とうごく》されることは致命的《ちめいてき》な打撃《だげき》となる。どんな罪状であろうと、どれだけの期間――たとえ一日であろうとだ。いいかね、わたしの体は、わたしだけのものじゃない。こういう人たちにたいして責任があるのだ。だから必死だ。きみの言いなりになど、なってはいられないのだ」

マデックは片手を伸《の》ばした。ベンはズボンをぬいだ。ぬいだズボンの上に、サングラスを落とした。

「それでよし」マデックは言った。「行け。しかし、これを忘《わす》れるんじゃないぞ、ベン。わたしはずっときみを見張っている。歩きとおすことなどできるはずないんだ」

ベンは、もう一度マデックを見つめてからその場を去った。尾根《おね》伝いに歩いた。なめらかな石が足の下で熱かった。裸《はだか》の背中《せなか》に、沈《しず》みかけた太陽の熱さを感じた。

歩きながら、背中の筋肉《きんにく》がぴくぴくした。あの重い三五八銃弾《じゅうだん》が、いまにもぶちあたるような気がした。

尾根から斜面《しゃめん》をおりていく。こちら側は、マデックとのぼった斜面ほど急ではなかった。とがった石が散らばっている中を、道を選びながら、ゆっくりとくだった。

あたりは静まりかえっていた。

見通しのいい地帯を過ぎて、大きな岩のごろごろしている場所になった。岩と岩のあいだへ、今度は少し急ぎ足で入りこんだ。自分の背中とマデックの銃《じゅう》とのあいだを、厚い岩でふさぎたかったのだ。

そこを過ぎると、狭《せま》いアロヨがあった。雨の降《ふ》ったときだけ水の流れる、砂漠の涸《か》れ谷《だに》だ。ベンは、アロヨの川床《かわどこ》に入りこみ、その中を歩いた。やがて、山頂《さんちょう》から見えない位置に来た。

それから方向を転換《てんかん》し、身をかがめ、上に向かって逆もどりした。注意深く、ゆっくりと、水に洗《あら》われた小石のあいだを歩いた。アロヨのくぼみに沿《そ》って、マデックに向かって引き返していく。

アロヨが狭《せま》くなって体をかくすことができなくなると、足をとめ、非常にゆっくりと頭をあげ、岩と岩のすきまから、のぞいた。

マデックは、いなかった。

ちょっと満足だった。ベンは、尾根《おね》を見つめながら思った。——マデック、あんた、最初のミスをおかしたな。

ベンのいるところから、老人は見えなかった。しかし、しばらくようすを見ようと腰《こし》をおろした瞬間《しゅんかん》、老人のブーツを思い出した。いいブーツだった。サイズも、ベンのと同じくらいだった。

4 遠い星

落とし穴《あな》の中にいるようなものだ。小さな山——砂漠《さばく》の平面から三百メートルばかり隆起《りゅうき》しているだけの丘陵《きゅうりょう》——の頂上《ちょうじょう》に立って、ベンは落とし穴をながめた。

太陽は、もうすっかり西の山脈のかげにかくれた。遠くけわしい山脈は、暮《く》れかけた空を背《せ》にして石炭のように黒い。その山脈の向こう、ベンのいる場所から直線距離《きょり》で七十二キロのところに、ハイウェイが走っている。その二十四キロ向こうに、町がある。

落とし穴。巨大《きょだい》なボウル（鉢《はち》）。底は、平坦《へいたん》で荒涼《こうりょう》とした砂漠。ふちは、遠い山脈。サラダ・ボウルのまんなかにちょっとレタスをつまんで置いたのが、ベンの立っている小さな山だ。ジープでなら、三十分以内に完全に一周できる。双眼鏡《そうがんきょう》を持っていれば、山の上で動くものを全部、見てとることができる。

ベンと西方の高い山脈とのあいだに、六十五キロの平坦な砂漠が広がっている。完全に平坦なわけではない。エドワーズ空軍基地の周囲の乾燥湖《かんそうこ》のように、コンクリートで舗装《ほそう》したみたいにのっぺりと平たい土地ではない。しかし、見通しはかなりいい。ジープに乗った人間なら、ここを歩いて横断しようとする男を、遠くからでも簡単《かんたん》に見つけられるだろう。

ベンは、ゆっくりと体をめぐらしつづけた。足の傷《きず》の血は固くかわき、剝《は》がれ落ちている。どちらを向いても広大な砂漠《さばく》だ。砂漠を通らずに逃《に》げ出す道はない。

ベンは、まだ、この状況《じょうきょう》を受け入れることができなかった。まだ、信じることができなかった。ただ裁判《さいばん》を避《さ》けるだけのために、しかも、最悪の場合でも数か月牢屋《ろうや》に入れられるだけだというのに、それを逃《のが》れるために、意図的《いとてき》に計画的に人の生命をうばおうとする。そんな人間がいることが信じられなかった。マデックが気を変えるかもしれないと、まだ思っていた。時間がたつにつれて、マデックは、自分がおかそうとしているこの罪は、老人を誤《あやま》って撃《う》ってしまったことよりはるかに危険《きけん》なものだということに、気づくかもしれない。

この希望を現実のものにするには、マデックに考え直す時間をあたえなければならない。老人を撃ち殺してから、まだそれほど時間がたっていないし、マデックの計画も思いついたばかりのものだ。いま刺激《しげき》するのは、まずい。

ただ、問題は、ベンのほうにほとんど時間がないということだ。たっぷり食糧《しょくりょう》と水を持ち、日光からは保護されたマデックが、ゆるゆると反省するのを待つゆとりはないのだ。

水がなくては、ベンの体は、この炎暑《えんしょ》に二日しか耐《た》えられないだろう。いや、それより短いかもしれない。ベンは衣類を着ていない。体を保護し、汗《あせ》の発散を防ぐことができないのだ。もし、この山のどこかに水たまりを見つけて、砂《すな》の中から一クォート（約〇・九五リットル）の水をしぼりとったとしても、何のプラスにもなりはしない。一クォートの水では、ベンに残された四十八時間に一時間も加えはしないだろう。

運よく、二クォート――半ガロンの水を見つけたところで、これも、どうということはない。ベンの人生が一時間ばかり延《の》びるだけのことだ。

ここで二日半のあいだ生きつづけるためには、たっぷり一ガロン（約三・八リットル）の水を見つけなければならない。三日間生きるには、二ガロン以上の水が必要だ。四日間なら――五ガロン（約一九リットル）だ。

それにベンには、まる二日間さえ残っていないのだ。四十八時間のうち、すでに八時間を使ってしまっている。というのは、ビッグホーンに向かって接近を始める以前から、ベンは水を飲んでいなかったからだ。

傾斜地《けいしゃち》をくだろうとして、向きを変えた。ジープのヘッドライトの光線が、青白いナイフの刃《は》のように砂漠の地面を切りさいていくのが見えた。

ベンは、その場に立ちつくし、ジープが山のふもとに沿《そ》って走るのを見守った。やがてジープは、山の西端《せいたん》をまわって見えなくなった。

あいつ、ぼくが砂漠《さばく》を横断しはじめたと考えたにちがいない。

これが、あんたの第二の失敗だぞ、マデック。

ベンは、山頂《さんちょう》からおりはじめた。注意深く道を選んだ。足が腫《は》れて痛《いた》かった。時がたてばマデックの気が変わるだろうという希望にすがるだけでは、まずい。ほかの手段《しゅだん》も考えなくてはならない。あらゆる角度から考え、検討《けんとう》しなくてはならない。それなのに、考えつくのは、小さな、つまらない事柄《ことがら》ばかりだった。靴《くつ》がほしい。着るものがほしい。水が飲みたい。腹《はら》が減った。

夜の闇《やみ》の中、老人が撃《う》たれた場所までもどるのには、ずいぶん時間がかかった。グラウンドシートと、ロープと、毛布が使えるだろう。しかし、あの血だらけの、きたない衣類は使えない。ブーツだけだ。毛布をくりぬいてポンチョをつくることもできるだろう。

マデックは、死体をもとのところにもどしていた。

グラウンドシートも、ロープも、毛布もなくなっていた。老人の古いフェルト帽《ぼう》もない。衣類も全部なかった。

星明かりの中で、老人の裸足《はだし》の足の裏《うら》が、いかにもむきだしの感じで白く見えた。くるぶしのあたりのよごれた皮膚《ひふ》が、黒っぽい線を描《えが》き出している。

声がした。暗闇《くらやみ》の中で、すぐ近くに聞こえた。しかし、聞いているうちに、ベンは、マデックが十メートルほど向こうの岩のかげにかくれているのだとわかった。

「靴も帽子《ぼうし》も衣類も、もとどおりにつけさせてやるつもりだよ」マデックは言った。「きみが、そういうものをほしがらなくなったあとでね」

「マデック！」ベンは叫《さけ》んだ。「こんなことをしても、だめだぞ！ あんたの嘘《うそ》なんか、すぐばれてしまうんだ」

やがて、頁岩《けつがん》のきしむ音が聞こえた。マデックが坂をくだっていくのだ。崖《がけ》のふちに行ってのぞくと、マデックがジープに向かって、まっすぐにおりていくのが見えた。

ベンは、むだを承知で、死んだ男の近くの地面を探《さが》しまわった。尾根《おね》の上もすみずみまで探した。ひょっとして、マデックがどこかに毛布や衣類をかくしていはしないか。

マデックは、そんなうっかり者ではなかった。

ベンは、ふたたび崖のふちへ行って、見おろした。マデックはコールマン・ランタンをともしていた。マデックが歩きまわり、キャンプファイアの上で夕食をつくるのが見えた。マデックは最初の夜、ベンに、料理をつくるには、プリマス・ストーヴを使うよりこのほうがずっといい、と語ったのだった。

ベンは、老人の死体が見えないところまで行って腰《こし》をおろし、岩にもたれて、待った。

月が、黒い山脈のかげでぐずぐずしていた。照れくさそうに心を決めかねていた。ただ、弱々しい光を放って、そこに自分がいることを知らせているだけだった。しかし、ようやくとびだした。巨大《きょだい》な円盤《えんばん》。赤味がかった茶色にうっすらと染《そ》まっているが、ごく一部分が、地球の影《かげ》を映《うつ》してまだ暗い。

月の光では、老人の歩いた道を見つけることはできないだろう。ビッグホーンの通った道を見つけるのだって無理だ。しかしベンは、砂漠《さばく》で過ごした長い年月が自分を助けてくれるだろうと思った。

ああいう年老いた山師《やまし》は、よいキャンプをつくるものなのだ。それは、断崖《だんがい》のかげの風の当たらない場所にあって、砂漠を一望《いちぼう》におさめることができるはずだ。それは、泉《いずみ》から適当な間《かん》隔《かく》をおいた地点にある。鳥獣《ちょうじゅう》がおびえて寄ってこないほどには近くない。しかし、必要なときにはウズラやウサギを捕《と》らえられるほどには近いのだ。

ベンは立ちあがり、注意深く歩きはじめた。月光のおかげで、とがった小石を踏《ふ》むことはなかった。どんなしるしも見逃《みのが》すまいとした。ブーツの鋲《びょう》が引っかいた跡《あと》はないか。足が小石をひっくりかえした跡や、地面を掘《ほ》った跡は、ないか。

金属鉱物探知器《たんちき》が音を立てて、老人は何かを見つけたのだろうか？　どこかのハンターが捨《す》てていったビールの缶《かん》か？　だれかが発砲《はっぽう》したあとの空《から》の薬莢《やっきょう》か？　金？　銀？　それとも、何も見つけなかったのだろうか？

以前、ベンが少年のころ、ハードロックと呼《よ》ばれていた年老いた山師が、ベンの伯父《おじ》のガソリン・スタンドにあらわれた。ハードロックは、かつては小さい驢馬《ろば》に乗っていた。そのうちに驢馬を手放して、しばらく徒歩でうろついていた。しかし、その夜、ハードロックは、みんなが「騾馬《らば》」と呼んでいるものに乗ってあらわれたのだ。ばかでかいモーター・スクーターだった。大きな後輪タイヤと空冷式エンジンがついていて、強化フレームでできていた。

ハードロックは、まったくの一文《いちもん》なしだった。ベンの伯父から五ガロンのガソリンを借り、そのうえ五ドルの現金も借りた。担保《たんぽ》だと言って、上等の、羊皮の裏地《うらじ》をつけたコートを、無理やり伯父の手に押《お》しつけていった。

そのコートは、伯父の家のクローゼットに十年間かかっていた。十年後、ハードロックがふたたびあらわれた。今度は小型トラックに乗っていた。ハードロックは、五ガロンのガソリン代金を払《はら》い、五ドルの借金を返し、自分のコートを引き取っていった。

尾根《おね》のはずれを、ふもとまで半分ほどくだったところに、老人のキャンプを見つけた。あまり、物を持ってはいないだろう。せいぜいグラウンドシートと毛布。ひょっとするとスリーピング・バッグ。鋳鉄《ちゅうてつ》のダッチ・オーヴン。これは、山師ならかならず持っている。肉をいためるシャベル。干《ほ》しリンゴ。ビーフ・ジャーキー、粉、塩、胡椒《こしょう》。どのくらいの期間砂漠にいるかによるが、トマトの缶《かん》とチリ・ビーンズ、ベーコンの厚切り。ライフルもあるだろう。ふつうは古い三〇—三〇《サーティー・サーティー》。砂金《さきん》を洗《あら》うための鍋《パン》。着がえ少々。そしてかならず、水入れ袋《ウォーター・バッグ》かジェリカン（五ガロン入りの缶）。水をきれいにするための酢《す》を入れた水差し。——そんなところか。

マデックが先にキャンプを見つけていた。

ベンは、子どもっぽい怒《いか》りを感じた。こんなの、フェアじゃない！　マデックはルールを破っている。

マデックは、ほとんど何も残さなかった。スリーピング・バッグもない、毛布もない、グラウンドシートもない。衣類の切れはしさえない。靴《くつ》も、食糧《しょくりょう》もない。ダッチ・オーヴンは石でめちゃくちゃにこわしてある。老人が何かの道具か銃《じゅう》かを持っていたとしても、マデックはそれを持ち去ってしまった。

ベンは、ようやく帰り着いてみたら家が丸焼けになっていた男のような気分だった。

向きを変えて歩み去ろうとした。どこへ行っていいか、わからなかった。何をしていいか、わからなかった。そのとき、五ガロンの水入れ缶《ウォーター・カン》が視線《しせん》にとびこんできた。老人は、それを日光に当てないため、岩の裂《さ》け目の中に置いていたのだ。

缶を見ただけで、ベンは息づまるほどの喜びを感じた。缶を裂け目からとりだし、キャップをはずした。

空《から》っぽだった。

一瞬《いっしゅん》、呆然《ぼうぜん》とした。失望と怒りで何も考えられなかった。無意識のうちに、キャップについた小さなチェーンのもつれを直し、キャップをもとどおりにはめた。そのとき、ベンは、マデックがついにミスをおかしたことに気づいた。この缶があれば、水を発見したとき、飲みきれない分を貯《た》めておける。

うれしかった。きれいな、手ざわりのいい缶だった。スマートですべすべした取手《とって》が蓋《ふた》にはめこんである。持ち運ぶのも簡単《かんたん》だ。

この缶を一杯《いっぱい》にするくらい水が見つかったら——ベンは、わくわくしながら考えた——マデックなんか放っておいて、町へ向かおう。水さえ得られたら、どんなに悪がしこいマデックだって、ぼくをとめることはできない。

缶の重量感に満足しながら、高くかかげてみた。

マデックは、缶の底を打ちこわしていた。溶接《ようせつ》した合わせ目が破られ、金属の板でできた缶の底が、内側にめりこんでいた。

缶をそっと地面に置いた。まるで、これ以上、底を傷《きず》つけまいとするかのようだった。それから、缶の上に腰《こし》をおろした。足からふたたび血が出ていた。小石の上に輝《かがや》く月の光を血がよごしていた。

　ベンは、しだいに、自分が小さな、無力な、裸《はだか》の子どもであるかのような気がしてきた。残《ざん》酷《こく》な砂漠《さばく》の中に放り出され、殺意をいだく大人の男につけねらわれている、裸の子ども。

　この男を、マデックを、出しぬく方法はない。

　ぼくに何ができるだろう？　ベンは考えた。この山をおりて、砂地《すなじ》を横切り、ジープのところへ行くこともできる。そこではコールマン・ランタンがともり、食事がつくられ、新鮮《しんせん》な水が何ガロンもある。マデックにこう言おうか。——裁判《さいばん》で、ぼくはあなたの望みどおりのことを言います。あなたが伏《ふ》せておきたいことは全部、伏せておきます。角《つの》を見るまで撃《う》ってはいけないなどと言ったことはない、と言います。そうです、あなたはもちろん、ビッグホーンを確認《かくにん》してから発砲《はっぽう》したのですものね。ぼくは、名誉《めいよ》にかけて約束します。かならず、どの陪審《ばいしん》員《いん》にも、あの老人の死は、まったく、避《さ》けることのできない、完全な偶発《ぐうはつ》事故だったということを、納得《なっとく》させてみせます。

　これは、うまく行かないだろう。マデックは他人の約束を信じるような人間ではない。

　ベンは、体をそらして星を見あげた。星たちさえ、ベンから遠ざかったように見える。尾根《おね》では、とても近く、とても親しげに見えたのに。いま、夜空は月光に満たされて、星たちは何千万キロも、何億キロも遠のいてしまった。ベンの生命の危険《きけん》に何の関心も持ってはいないようだ。

よそよそしい星たちをこれ以上見ているのは、いやだった。ベンは頭を下げた。そのひょうしに、何かがちらりと目に映《うつ》った。何か異質《いしつ》な、場ちがいな感じのするものだった。

それがどこにあるか、次の瞬間《しゅんかん》にはわからなくなった。視線《しせん》の走ったあたりを念入りにながめているうちに、見つけた。

ベンは立ちあがった。たぶん、あの老人は、この水入れ缶《ウォーター・カン》を踏《ふ》み台がわりに使ったのだろうと思った。崖《がけ》の中のその岩棚《いわだな》は、少なくとも地上二メートル半の高さがあって、身長百八十三センチのベンでも棚《たな》の奥《おく》までは手がとどかなかった。缶《かん》の上に乗って、手を伸《の》ばした。

岩棚の上にあったのは、ごくありきたりの小さな錫《すず》の箱だった。明るい色の金属の取手《とって》がついている。ベンの伯父《おじ》も、これとよく似た箱を持っている。ガソリン・スタンドのオフィスに置いて、クレジット・カードの支払《しはら》い控《ひかえ》を入れるのに使っている。

箱は、錠《じょう》がかかっていた。素手《すで》で無理やり開けようとしたが、だめだった。

手ごろな石はないかと見まわしているうちに、箱を見つけた喜びはうすれはじめた。マデックは、身元を知ろうとして、老人の持ち物を全部調べている。そのとき、この箱の鍵《かぎ》を見つけたにちがいない。ポケットの中にあったか、ひもに通して首にかけてあったか……。どこにあろうと、マデックが見つけないはずがない。

ベンは、箱を石でたたきはじめた。

箱の中には、何もないだろう。こんなに骨《ほね》を折って開けてみたところで、何の役にも立ちはしない。マデックは、老人の持っていた鍵《かぎ》に合うものを探《さが》したにちがいない。この箱を見つけて、開けて、空《から》っぽにしてしまったにちがいない。

あるいは、マデックは、ベンのために、中に小さな記念の品を残しておいたかもしれない。ベンに、きみは、またしても出しぬかれたのだよと知らせるような、意地悪い贈《おく》り物を。

やっと錠《じょう》がこわれた。ベンは、へこんだ蓋《ふた》を引きはがした。

箱の中から、何かが勢いよくとびだしてきた。ベンは箱を放り投げ、とびすさった。箱は岩の壁《かべ》にぶつかって跳《は》ねかえり、地面に落ちてカラカラと鳴った。中にいたものは、箱のそばで、とぐろを巻《ま》いているようだ。

ベンはまた、とびのいた。暗がりにいるのではっきりとは見えないが、おそらくヘビだろう。マデックが、サイドワインダー（ヨコバイガラガラヘビ）か小さなダイヤモンドバック（ヒシモンガラガラヘビ）をつかまえて、入れておいたのだろう。自分と箱のあいだの地面を見つめたまま、かがんで石ころをひとつ拾った。いつでも投げつけられるように構えて、地面を観察した。何かの動きがないか、目をこらした。

ヘビは、暗がりから出てこなかった。ベンは注意深く近づいていった。何もはいていない足とくるぶしが、すごく気になった。

何も動かない。ガラガラいう音もシューシューいう音もない。しかし、ぼんやりとではあるけれど、とぐろを巻いたヘビのすがたは見える。体の一部は、まだ箱の中に入っているようだ。

ベンは長いあいだ、それを見つめつづけた。なぜ、さっきみたいに動かないのだろうか。ヘビから目を離《はな》さないまま、体をかがめて地面を手さぐりし、小石をいくつかつかんだ。

体を起こして、小石のひとつをヘビめがけて投げつけた。石は箱にあたり、カチンと小さな音がした。

ヘビは動かなかった。

ベンは、小石を全部投げつけた。

何も動かなかった。

老人のキャンプファイアがあったところにもどり、六十センチばかりのメスキートの燃えさしを見つけてきた。それを熊手《くまで》がわりにして、箱を、暗がりから月の光の中に引き出した。

ヘビと思ったのは、ゴムだった。ゴムのチューブだった。つまみあげると、金属の棒《ぼう》でできた物体にくっついている。何だろう？　ベンは、その物体を持ちあげて、月光の中で目をこらした。

パチンコだった。これまで見たこともないパチンコ。Y字型の下の棒、つまり握《にぎ》りの部分に金属の棒《ぼう》がついている。その先端《せんたん》には、カップ状のアルミニウムがかぶせてある。パチンコを使うとき、この金属の棒を腕《うで》に当てて支えにするのだ。

すごい道具だ。ふつう、パチンコのゴムは平たいバンド状だが、これは、頑丈《がんじょう》な丸いチューブになっている。弾《たま》をはさむレザーのホルダーがついている。引っぱってみて、ベンは、その強度におどろいた。

うまく当たれば、ジャックウサギほどの大きさのものも殺せるだろう。きっと老人も、そういう目的のためにこれを用いたにちがいない。

しっかりした、気持ちのいい手ざわりだった。ベンは、ゴムのチューブを引っぱりながら、パチンコの握《にぎ》りをしっかりつかみ、金属の棒を腕に当ててみた。

これは武器だ。ベンは突然《とつぜん》、気づいた。銃《じゅう》ではない。弓ですらない。しかし、武器であることはまちがいない。これを使って小石を人の頭に打ちつければ、かなりの損害をあたえることができる。

パチンコをわきに置いて、箱のところにもどった。

箱の中には、小さなトランジスタ・ラジオがあった。箱を開けるときの衝撃《しょうげき》で、こわれていた。金属探知《たんち》器《き》用のスペアのバッテリーがいくつか。それに、レザーの刻《きざ》みタバコ入れ。この中に、数十個のダブルO散弾《オーさんだん》があった。銅でできた小さな玉っころ。パチンコ用の弾丸《だんがん》だ。

箱の底に、プラスチックの札入れがあった。中身を調べた。スナップのついたポケットの中に、コインが八十五セント。マネー・スロットの中に一ドル紙幣《しへい》が二枚《まい》、二十ドル紙幣が一枚。どれも古くて、よれよれだ。

別の仕切りには、一枚のスナップ写真があった。ひと組の若い男女がポーチの階段《かいだん》にすわっている。男は上着にネクタイ。階段の下のほうに幼児《ようじ》が二人。男の子と女の子だ。写真には何も書いてない。

箱の中は、それだけだった。

ベンは、パチンコと刻みタバコ入れをのぞいて、あとは全部もとにもどした。箱を水入れ缶《ウォーター・カン》のわきに置いた。もし、だれかがここへ来たとき、見つけやすいように。

パチンコを取りあげて、しっかりとにぎり、長い棒を腕に当て、もう一度、その強力さをテストした。うまく使えるようにならなければ。いずれ時間ができたら、この使い方を学ばなければならない。

しかし、まず、水を探《さが》さなくては。水が見つからなければ、パチンコの撃《う》ち方を練習する必要もなくなるのだ。あまり時間はない。急がなければならない。

5　砂漠《さばく》のハエ

水はもう見つけられそうもない。

ベンは、崖《がけ》のふちに立っていた。みじめだった。ビッグホーンまでがぼくに意地悪をしている。あの大きな羊たちは、尾根《おね》伝いに、はっきりとわかる足跡《あしあと》を残していた。夜明け前のわずかな光の中でさえ、たどることができた。これをたどれば水のあるところに行ける。そう思っていた。ところが、この崖に来て、これまでまとまっていた足跡が、急に四方八方に散らばってしまった。もうお手上げだった。

わざとやっているのだ。マデックと同じで、ぼくをいじめて喜んでいる。ぼくを殺そうとしている。

水がなければ、勝負も何もあったものではない。マデックは、ただのんびりと、残る数時間が過ぎるのを待っていればいいのだ。

初めてベンは、深い、全身を麻痺《まひ》させるような恐怖《きょうふ》を感じた。マデックに背《せ》を向けて立ち去りながら、いまにも銃弾《じゅうだん》を撃《う》ちこまれるのではないかと思ったときに感じたような、するどい、口の渇《かわ》くような恐怖ではない。体の奥底《おくそこ》から突《つ》きあげてくる、巨大《きょだい》な、暗い恐怖だった。不気味な予感にも似た感覚だった。

太陽の最初の光線が、崖下の地面を照らした。その瞬間《しゅんかん》、ベンは水たまりを見た。正確にいえば、水をふくんだ砂地《すなじ》だ。岩盤《がんばん》の上の小さなくぼみ。たぶん、差しわたし三メートル。深さはせいぜい一メートルだろう。ビッグホーンの足跡がまわりじゅうにあった。ビッグホーンは水を得るために、砂《すな》を掻《か》き出していた。その砂が、周囲に扇形《おうぎがた》を描《えが》き出している。

水たまりを見つけたとき、ベンの体の中の暗い恐怖は、少しやわらいだようだった。十五メートルと離《はな》れていないところに、水がある。多くではない。くぼみは小さくて浅い。ビッグホーンがすでに荒《あ》らしてもいる。しかし、砂の中には明らかに水がふくまれている。

それにベンは、ビッグホーンよりもいい道具を持っている。ベンの両手は、ビッグホーンのひづめよりも器用だ。両手を使って砂をすくうことができる。緩慢《かんまん》な浸食《しんしょく》作用によって岩につくられた天然のボウル（鉢《はち》）から砂をすくい、水分をしぼり出す。砂を全部すくい出したら、少しばかりの、苦い味の泥水《どろみず》が残るはずだ。一か月ばかり前に降《ふ》った雨が、ここにたくわえられているのだ。

どうやって水たまりまで行くかが問題だった。崖《がけ》をまっすぐにおりるか。しかし、高さが三メートル半ほどもある。崖のふちを歩いていき、崖が終わって大きな岩壁《がんぺき》に突《つ》きあたるところから、ややなだらかな傾斜《けいしゃ》をくだるか。これが、ふつうのやり方かもしれない。たたずんだまま、ベンは、その距離《きょり》と、自分の体の中の痛《いた》みとを計っていた。

垂直《すいちょく》な崖の下をのぞくと、とがった岩のかけらがごろごろしている。その上に、新しい砂《すな》がかけられている。ビッグホーンの仕業《しわざ》だろう。両手で崖のふちにぶらさがり、最後の一メートル半ほどを思いきって落下するか。こんな石の上に落ちたら、傷《きず》ついている足をよけい痛くしてしまう。新しい傷もできるだろう。

崖のふちを歩いて、向こうのゆるい坂をおりて、またこの崖下まで引き返してくるというのも、長く、骨《ほね》の折れる仕事だ。時間をずいぶん食う。すでに東の山脈の上に太陽が出ている。すさまじい炎熱《えんねつ》がおそいかかるのは、もうすぐだ。

ふもとにとまっているジープが見えた。ジープの近くに、マデックは、こぎれいなキャンプをつくっていた。テントを張り、キャンバスの日おおいを広げている。マデックのすがたはまったく見えない。日おおいの下の奥《おく》まった日かげの中で、キャンバス製の折りたたみ式椅子《いす》の上に心地よくすわっているのかもしれない。そして、こっちを見張っているのかもしれない。

ベンは四つんばいになり、崖のふちからゆっくりと体をおろしていった。痛む足の先はなるべく使わず、膝《ひざ》と上脚《じょうきゃく》だけを使う。

崖のふちに両手をかけてぶらさがる。まだ、ためらっていた。下の石に足がぶつかることを思うと手を離《はな》すことができず、崖の壁面《へきめん》にぴったりと体を寄せていた。

何かが断崖《だんがい》にぶちあたった。固い、かわいた音。ほこりがぱっと上がった。壁面からかなり大きな岩の破片《はへん》がはじけとび、一瞬《いっしゅん》停止してから落ちていった。

撃《う》たれた。――手を離し落ちていきながら、そう思った。あの音を聞き、ほこりを見る前から、それがわかっていたような気がした。それでいて、心の片すみで、撃たれるのはこんなものじゃないと気づいてはいた。

何かがベンの頰《ほお》に当たったのだった。頭が片側に押《お》しやられるほどの勢いだったが、弾丸《だんがん》のような力ではなかった。弾丸によってはじきとばされた岩の破片か、でなければ、炸裂《さくれつ》した弾丸自体の破片だ。落ちながら、そう思った。それから、ライフルの音を聞いた。

マデックがぼくを撃っている。三五八口径ではなくてホーネットを使っている。ベンは、ジープの中の箱にホーネット用の弾丸を百発入れていた。マデックは、三五八マグナム弾《だん》を二十五発持っていた。まだ十二発は残しているはずだ。

地面にぶちあたる寸前、ベンは脚《あし》と膝の力をぬき、くずおれるような形で着地した。両手で壁面にすがりつくようにしていたので、衝撃《しょうげき》は多少やわらげられた。

痛《いた》かった。大声でうめいた。

胸《むね》をしたたり落ちる血を見て、頬《ほお》の痛みに気づいた。指先でそっとふれてみる。わかったのは、目の下二センチばかりのところに傷《きず》ができていることだけだった。

足にもいくつか新しい傷があった。そのひとつ、くるぶしのすぐわきの傷は、かなりひどく出血していた。

その場にしゃがんでいても、下のキャンプが見えた。マデックは、ジープの後部に膝《ひざ》をついている。ホーネットはキャンバス製の屋根に横たえている。

敗北感にさいなまれながらも、ベンは両手を使い、やっとの思いで立ちあがった。水たまりがホーネットのスコープの視野《しや》に入っているかどうか、ここからではわからなかった。しかし、そちらに向けて歩きはじめたとき、奇妙《きみょう》な感覚におそわれた。どうあがいてもむだなのだ、という気がした。あの水たまりはマデックから丸見えなのだ。そうに決まっている。

弾丸《だんがん》がベンをかすめて飛んでいった。空気を切る、するどい小さな音だけでなく、岩壁《がんぺき》に打ちあたった瞬間《しゅんかん》のバシッという音も聞こえた。そのあとになって、ライフルの発射音《はっしゃおん》がゆっくりと聞こえてきた。

マデックは本気でぼくを撃《う》っているのだろうか。

さぐってみよう、と思った。

足の痛みをこらえて、走りはじめた。水たまりに向かって、できるだけ急いで走った。絶壁《ぜっぺき》を撃つ、小さな耳ざわりな炸裂音《さくれつおん》が、ベンが進むのにつれて前へ前へと移動していく。弾丸はいつも、ベンから十数センチと離《はな》れていないところで炸裂するのだった。

あいつは射撃《しゃげき》の名人だ。すごく正確に追ってきている。

ベンは、地面に突《つ》っ伏《ぷ》した。水たまりは、小さなくぼみの底にある。こんなふうに体を伏《ふ》せていたら、マデックだって見つけられないのじゃないか。

しばらく静けさがつづいた。ベンはむきだしの肘《ひじ》を使って、小石だらけの地面を這《は》った。ベンの顔のすぐ前で、銃弾《じゅうだん》が炸裂した。するどい、かわいたほこりが両眼にとびこんだ。オゾンのにおいがした。

ベンは、かまわず前進した。手が水たまりのはしの砂《すな》にとどいた。

銃弾が、ベンの指の下から小石をはじきとばした。

マデックは、いまやジープのフードの上に立っていた。片腕《かたうで》をライフルのスリング（革《かわ》負《お》い）に通している。

まずい。さっきのように銃身《じゅうしん》をジープの屋根に置いているほうが、まだよかった。いまの姿勢《しせい》は安定が悪い。ほんの少しの風の動き、心臓《しんぞう》の鼓動《こどう》の加減で、マデックが望もうと望むまいと、銃弾がベンに当たってしまうかもしれない。

すぐ目の前にあった石英岩《せきえいがん》が、突然《とつぜん》、飛び散った。明るく透《す》きとおった破片《はへん》が、シャワーのように降《ふ》りそそいだ。直接銃弾《じゅうだん》に当たらなくても、こうした鋭利《えいり》な岩の破片を食らったら、目をえぐりとられることだってありうる。

ベンは、反転してあお向けになり、上体を起こした。両手をふりまわした。それから立ちあがった。

両手を広げて、こっちの負けだよという身ぶりをすると、水たまりに背《せ》を向けて、道を選びながら、のろのろと立ち去った。

山頂《さんちょう》へ引き返しながら、ビッグホーンの足跡《あしあと》を観察した。ほかの水飲み場へ案内してくれそうな足跡はないだろうか。しかし、ベンがたどったもの以外は、ただわけもなく動きまわっているらしい、無意味な足跡があるだけだった。

山頂近く、露出《ろしゅつ》した岩石の西側の日かげに腰《こし》をおろした。

さわってみると、顔の出血はとまっていた。傷《きず》のまわりの肉は、まだ痛《いた》い。腫《は》れかかっているのだ。

足は目もあてられない状態だ。古い傷がまた口を開き、新しい傷はまだ出血がとまらない。砂漠《さばく》のハエが飛んできて、ベンのまわりに群がった。動きのにぶい、小さな、しつこいハエだ。実に愚《おろ》かで、実にずうずうしい。殺せば殺すほど数が増えるようだった。傷のまわりを這《は》いずり、傷の上に居すわって羽をつくろうのもいれば、血の中で羽ばたきながら卵《たまご》を生みつけるのもいる。手のほどこしようがなかった。ハエたちは、ベンの体の上に住みついてしまったらしい。

ジープが動いていた。明るい茶色のほこりの雲が、白いジープの車体を前に押《お》しやっているように見えた。砂漠の上を跳《は》ねるようにして進んでいく。

ベンのいる山からほぼ一キロ半、低い台地の上に、侵食《しんしょく》されたビュート（頂上《ちょうじょう》が平らで周囲が絶壁《ぜっぺき》の孤立《こりつ》した丘《おか》）が突《つ》っ立っている。ベンが見守っていると、マデックは、ジープをその台地のゆるやかな傾斜《けいしゃ》にのぼらせた。台地の上にのぼってから、ジープをターンさせてこちらに向けた。マデックはジープからおりた。何をしているのか、はっきりとは見えない。どうやら、自分の前面の地域《ちいき》をじっくりと偵察《ていさつ》しているようだった。

ベンは、すでに前夜、月明かりの中でそのビュートと台地とを見ていた。今後自分がどのような行動をとるにしても、このビュートの位置が深刻《しんこく》な脅威《きょうい》になると思った。マデックは、ベンほどは展望《てんぼう》の利《き》かない場所にいる。この台地が自分にあたえる有利さに、マデックが気づかないでくれればいいのだが、とベンは思っていた。

まさにその台地にジープがとまっている。ベンはがっくりだった。マデックは、いまはジープの屋根の下にもどっている。濃《こ》い影《かげ》の中で、すがたは見えない。

その台地から、マデックは、ベンのいる小さな山の南面を、東端《とうたん》から西端《せいたん》まですっかり見わたすことができる。ベンのいる小さな山と遠くの高い山脈――この卵型《たまごがた》の砂漠《さばく》をとりまいている山脈――のあいだに広がる砂漠も、見わたすことができる。

マデックが見ることのできない唯一《ゆいいつ》の地域《ちいき》は、ベンのいる山の北側だった。

十分な水と食糧《しょくりょう》を持ち、日光から体を保護する衣服を着、傷《きず》のない足によいブーツをはき、目を守るサングラスをした男なら、マデックから逃《のが》れられるだろう。山の北側をおりて、砂漠をひたすら真北に進む。そうすれば山が楯《たて》になって、マデックの視線《しせん》を防いでくれる。ほとんどすっぱだかの、水も食糧もない傷ついた男には、それはできない。少なくとも百六十キロにわたって、あるものといえば空々漠々《くうくうばくばく》たる砂漠だけ。ゆるやかな起伏《きふく》を見せる荒《あ》れはてた地表には、岩や小石が散乱《さんらん》し、そこここに、頑固《がんこ》で耐久力《たいきゅうりょく》の強い砂漠の植物の芽が出ているだけだ。

水たまりもない。バレル・カクタス（タマサボテン）さえ生えていない。このカクタスの肉には水がしみこんでいる。固い表皮を何とかして切りさくことができれば、肉を吸《す》って生きのびられるのだが。

北に行くしか、マデックに見られずに去るルートはない。しかし、こんなありさまで、しかも、持ち時間四十八時間のうち二十四時間近くがすでに過ぎ去っている。長い百六十キロのうち十キロと歩かないうちに命が尽《つ》きてしまうだろう。

マデックも同じ結論《けつろん》に達しているにちがいない。だからこそ、のんびりと腰《こし》をおろして双眼鏡《そうがんきょう》をのぞいているのだ。ベンの選べる行動は三つしかないことを知っているのだ。

まず、いまのところにずっといる。ある程度の水は近くにある。しかし、ホーネット銃《じゅう》に邪《じゃ》魔《ま》されて近づくことができない。

山をおりて、砂漠を東に向かって歩く。（マデックはジープを動かす必要さえない。ただ、そこに、台地の上にすわって、ベンが空漠《くうばく》たる九十五キロのどこかで日干《ひぼ》しになって死ぬのを見守っていればいいのだ。）

あるいは、山をおりて西に向かう。（裸《はだか》で水なしでは、一方の九十五キロもこちらの六十五キロもあまりちがいはない。）

顔の上を這《は》いずりまわるハエどもも、あまり気にならなかった。炎熱《えんねつ》のゆらめく空気を通して、白いジープを見つめた。いまにも動きだしそうだった。四輪駆動《くどう》でゆっくりと走って、追いかけてきそうだった。

ベンは、マデックがどれだけの水を持っているか思い出そうとしたが、すぐやめた。どっちみち、こっちより長生きできるだけの量は、十分すぎるほど持っているのだ。ジープを少なくとも四輪で百六十キロ、二輪で三百二十キロ走らせるだけのガソリンもある。技術、機械、水や食糧《しょくりょう》、それに銃《じゅう》。そういったものを考えに入れたら、このゲーム、こちらの負けに決まっている。なるべく考えないことだ。

重苦しい熱気だった。ハエどもは、しょうこりもなく這《は》いずりまわっていた。ベンはすわったまま、絶望を噛《か》みしめていた。

捜索隊《そうさくたい》に加わったときのことが思い出された。ときおり観光客が、砂漠《さばく》で行方不明になる。岩石の採集やピクニックのためにハイウェイを離《はな》れた人たち、車のエンストや、車軸《しゃじく》が折れた程度の小さな事故のために命を失ってしまった人たちだった。

そして、あの四人家族。両親と子ども二人。彼《かれ》らは、ハイウェイが見えるところで死んだのだった。

彼らは、やることなすことまちがいだらけだった。車のエンジンがとまり、ふたたび動かすことができないと知ると、車を捨《す》てて歩きだした。ラジエーターの中に、五ないし六ガロンのよごれた、しかし飲むことのできる水を残したままだった。車のつくってくれる日かげを、捜索隊の第一番の目標になるものを捨てて、炎熱《えんねつ》の中に、残酷《ざんこく》な陽光の中に歩きだしたのだ。

彼らを発見したとき、ベンは声をあげて泣きそうになった。母親は、子どもたちの顔に口紅《くちべに》を塗《ぬ》ってやっていた。強烈《きょうれつ》な日光に焼かれて子どもたちの顔から肉が剝《は》げ落ちるのを、こんなことで防ごうとしたのだ……。

　この砂漠のことは、ぼくは、だれよりもよく知っている。だから、体の動くかぎりはここでも生きていける。――ベンは、いつでもそう思っていた。

　たしかに体は動く。ただし、このめちゃめちゃになった足でふらつくことを〝動く〟と呼《よ》ぶとすればの話だ。あと二十四時間ほどは動けるだろう。そして、それでおしまいだ。

　ひと晩《ばん》じゅう、ベンは思っていた。――朝になれば、マデックは、自分が取り返しのつかない誤《あやま》りをおかしかけていることに気づくのではないか。ぼくをこんなところで殺すより、あの事故のことを正直に告白し、陪審員《ばいしんいん》の判断にすべてをゆだねるほうがはるかに危険《きけん》が少ないことに気づくのではないか。

　しかし、いま、ベンは思う。マデックは頭がいいばかりでなく、傲慢《ごうまん》な男だ。いまの計画をあきらめるはずはない。傲慢で、うぬぼれが強く、自信にあふれている。町の保安官たちに、ベンが殺人をおかしたことを納得《なっとく》させられると確信しきっているのだ。

　マデックは、単純《たんじゅん》で、いかにももっともらしい話をするだろう。ベンがあの老人を殺した。マデックがそれを当局にとどけ出るように言うと、マデックをも殺そうとした。しかし、マデックはジープをうばって逃《に》げ、町へもどってきた。

　マデックは、きっと上手《じょうず》に話す。細かいところも全部、つじつまが合うだろう。話をいっそう説得力のあるものにするために、自分の体に傷《きず》をつけることだってやりかねない。

マデックは、何もかも、自分の話の裏《うら》づけとなるように仕組むだろう。あの老人――今度発見されるときにはハゲタカに食い荒《あ》らされているだろう――は、自分の衣服やブーツや帽子《ぼうし》をまた身につけているだろう。ホーネットの二つの弾丸《だんがん》は、発見しやすい場所にころがっているだろう。

ベンも、自分の衣類を着ていることだろう。マデックは、野たれ死にしたベンを見つけて、死体に服を着せ、空《から》の水筒《すいとう》や銃《じゅう》や食糧《しょくりょう》を持たせるのだろう。

もう、遅《おそ》すぎる。もう、どんな和解もありえない。この山をおりてマデックのもとに行き、命乞《いのちご》いをするには遅すぎる。

ベンは、恐怖《きょうふ》を押《お》しころした。そうだ、この山に水があるかぎり、ぼくは死にはしない。

今夜、月が沈《しず》んだら、またあの水たまりに行こう。マデックに見られないように、ずっと這《は》っていこう。ぜったいに行ってみせる。

かわいた熱気が、すっぽりとベンを押しつつんでいた。ベンは岩にゆったりともたれて、思考の堂々めぐりを断ち切った。心を空っぽにしよう。眠《ねむ》っておこう。

6
招く影《かげ》

何かを感じて目をさました。それが何なのか、しばらくわからなかった。ただ、恐怖《きょうふ》を感じていた。敵が身近に迫《せま》っているような感覚だった。

傷《きず》ついた頰《ほお》は腫《は》れあがり、左の目をふさいでいた。指で目を開けようとしたが、ほとんど開かなかった。

まだ、日が差していた。太陽は西の山脈の上にうずくまっていた。沈《しず》まず、そこにがんばって、暑熱をベンに浴びせかけようというのだろうか。

ふいに、音が聞こえた。この音だった。これで目をさましたのだった。カツ、カツと岩に当たる金属の音。

少し体を起こし、頭を音の方角に向け、右目で見えるように体をねじって見おろした。マデックの頭と両肩《りょうかた》だけが見えた。何をやっているかはわからない。

立ちあがり、両脚《りょうあし》の痛《いた》みに耐《た》えながら少し移動し、もう一度見おろした。

マデックの全身が、はっきりと見えた。大きなマグナム銃《じゅう》は近くの岩壁《がんぺき》に立てかけてある。

マデックは、高級なブッシュ・ジャケットを汗《あせ》で黒くぬらして、ジープに置いてあった取手《とって》の短いシャベルを使っている。

ひどい！　あんまりだ！

奇妙《きみょう》な、弱々しい、子どもっぽい怒《いか》りがベンを押《お》しつつんだ。やめてくれ、それだけはしないでくれ。そう、心の中で叫《さけ》んだ。

マデックは、例の水たまりの砂《すな》のほとんどを掘《ほ》り出してしまっていた。いま、残りをすくっては岩の上にぶちまけている。砂のまじった水は、日光の中でにぶく灰《はい》色に見えた。なだらかに傾斜《けいしゃ》した熱い岩の上に、パシャッ、パシャッとぶちまけられ、小さな浅い流れとなって岩をくだり、やがて消える。

マデックは、とうとう空《から》っぽにしてしまった。放り出された砂が、おとろえかけた日光の中で急速にかわいていく。湿《しめ》った黒っぽい砂が、さらさらした、うす茶色の砂に変わる。

足に体重がかからないよう岩につかまりながら、もとの場所にもどった。のろのろと腰《こし》をおろした。もうだめだ。今度こそお手上げだ。とほうもない、ぞっとするような考えがベンをとらえた。

　ベンとマデックとは、たがいにつながれている。同じ鎖《くさり》につながれて、生命をかけた戦いをたたかっているのだ。食うか食われるか、ルールもスポーツマンシップもない、野蛮《やばん》な、残酷《ざんこく》な戦いだ。

　マデックは、ベンを離《はな》れることができない。戦いがここまで来てしまった以上、ベンが死ぬのを見とどけるしかない。一方、ベンは逃《に》げることができない。水がなくては、何十キロもの砂漠《さばく》を横断することなど不可能だ。仮に水を持っていたとしても、この足では遠くまで歩けるものではない。十キロも行かないうちに、足の肉は剝《は》がれて、骨《ほね》がむきだしになってしまうだろう。

　ジープが生命の鍵《かぎ》だ。ジープを持ったほうが生きられる。そうでないほうは死ぬ。ジープには、水が、日かげが、食糧《しょくりょう》が、行動の自由が、外部との連絡《れんらく》が、武器が、心の安らぎが、ある。ジープを確保しているほうが勝者となるのだ。

　そして、ジープを持っているのはマデックなのだ。

　ベンは、マデックがジープにもどっていくのを見ていた。銃を肩《かた》にかけ、手に持ったシャベルをゆらして、マデックはいかにも満足そうだった。オーストラリアン・ハットをあみだにかぶって、さっそうとしていた。

　ベンは、これまでに何度か、死の一歩前まで行ったことがある。ハイウェイでの事故。高い岩から転落しかけたとき。ヘリコプターに乗っていて回転翼《かいてんよく》が高い木のこずえにふれたとき。どの場合も、あと数センチ、あと数秒の差で確実に死んでいた。死が通りすぎたあとになって、それがどれほど接近していたかを悟《さと》るのだった。恐怖《きょうふ》を感じるのは、それからだ。安全になって初めて、危険《きけん》の大きかったことに気づき、ぞっとするのだった。

いまは、そんなふうではない。死はすぐそばにあり、ベンはそれを知っている。ただ、時間がある。ここにすわって、考えるゆとりがある。死が接近してくるのを感じることができる。死は、ゆっくりと、着実にやってくるのだ。

ベンは、口と喉《のど》の中に死を感じた。からからに干上《ひあ》がっている。つばなど、どこにもない。舌がふくらんでいる。喉の奥《おく》から口の中全体を、かわいた大きなかたまりがふさいでいる。ベンを窒息《ちっそく》させようとしている。

あと二十時間か？

それとも十九時間しかないのか？

太陽は、ようやく、西の巨大《きょだい》な山脈の向こうに沈《しず》みはじめた。ベンを救う手のように、一本の長い、細い、ほとんど長方形の影《かげ》が、砂漠《さばく》を横切って着実に伸《の》びてくる。ベンは、影の動きを見守った。

三十億年前、ベンがいますわっている場所は、内海の底に沈んでいた。山々のふもとにある高原は、広大な低湿地《ていしっち》であり、そこには、異様《いよう》で巨大なコケやシダの類が繁茂《はんも》していた。やがて、最初の脊椎《せきつい》動物があらわれた。異様なすがたをした魚たちである。そのあと、湿地に爬《は》虫類《ちゅうるい》が這《は》いまわるようになった。

この時期、地球は静まっている。すさまじい大爆発《だいばくはつ》がつづき、溶岩《ようがん》の奔流《ほんりゅう》がほとばしり、どろどろした地表から次々と山が生まれていく時代は過ぎて、気温は下がっている。北の地方は、厚さ数百メートルの氷に閉《と》ざされている。

二十億年前、いまジープのとまっているあたりを、恐竜《きょうりゅう》がうろついていた。それから六百万年たつと、ティラノサウルス——体高六メートル、恐《おそ》ろしげな爪《つめ》と歯を持ったトカゲ——がのし歩いていた。涼《すず》しい、雨の多い時代で、この付近もほとんど沼地《ぬまち》になっていた。

そしてほぼ六億年前、このあたりの大地は、ふたたび荒《あ》れ狂《くる》いはじめた。ロッキーの長い山《やま》並《な》みが、地球の内部から吐《は》き出されてきたのだ。噴火《ふんか》の中で火山が生まれ、やがて死に、風と水によって浸食《しんしょく》されていった。この時代、気候はおだやかでこころよく、最初の馬があらわれている。大きさはバセット・ハウンド（短足の猟犬《りょうけん》。体高約三十五センチ）くらい。ひづめは、まだない。ただの爪しか持っていない。

荒々《あらあら》しい先史時代のいつごろか、ベンがすわっている場所から十一キロほどのところに、ひとつの火山が生まれた。地球の奥《おく》深く、強烈《きょうれつ》な熱によって溶《と》かされた岩が、想像を絶する圧力によって上部に押《お》し出され、冷えびえとした地表を突《つ》きやぶったのだ。

マグマと呼《よ》ばれるこの溶解《ようかい》した岩は、噴水《ふんすい》のように何度も何度も空高く噴《ふ》きあげられては地表に落ち、冷えて固まって、しだいに円錐形《えんすいけい》の火山を形づくっていった。

マグマの噴出《ふんしゅつ》は、なおつづいた。地球の中の穴《あな》を通り、円錐形の火山の中の細い通路を通って噴出した。

やがて、地下からの圧力がおとろえていった。火山の中の通路を、冷えたマグマがコルクの栓《せん》のようにふさいだ。この栓は、外気にさらされる溶岩《ようがん》よりゆっくりと冷えるから、より固い、よりひきしまった岩——つまり玄武岩《げんぶがん》となる。

火山は死んでいく。その円錐形の山腹《さんぷく》を、風が、雨が、寒気《かんき》が、しだいにけずりとっていく。海が生まれ、玄武岩の栓の頂上《ちょうじょう》をひたひたと洗《あら》う。

やがて、円錐形の溶岩の山はあとかたもなく消えて、ただ玄武岩の栓だけが残る。平坦《へいたん》な砂《さ》漠《ばく》にそそり立つ、垂直《すいちょく》でスマートな岩の塔《とう》。あの遠い、荒々《あらあら》しい時代の記念碑《きねんひ》であり、墓標《ぼひょう》である。

その影《かげ》がいま、ベンを招く。そのすがたがベンの心にまといつく。

このビュート、岩の塔、高さは約百二十メートル、台地の周囲は八百メートルほどだろう。

ところどころで巨大《きょだい》な岩の厚板が剝《は》がれて落ち、角礫岩《かくれきがん》と呼ばれる岩になって、根もとの砂地《すなじ》に散らばっている。

岩の厚板が剝がれたあとは、壁面《へきめん》に平たい岩棚《いわだな》ができて、巨大な階段《かいだん》のように見える。氷河期の寒気も、外壁《がいへき》に、長い、垂直の裂《さ》け目を残している。

ビュートの頂上は平たくなっている。

この岩の記念碑の上には、動物を引きつけるようなものはほとんどない。ビッグホーンの食欲《しょくよく》をそそる植物もない。だから、コヨーテの好きな死体もない。クーガ（アメリカライオン）など、やってくるはずもない。ハゲタカあたりは、ねぐらに使うかもしれないし、ヘビは、トカゲやネズミを求めて裂け目にもぐりこむことがあるかもしれない。しかし、この岩の尖塔《せんとう》に住みついている動物は、ほんの少数しかいないだろう。

朝、ビュートは、美しい赤みがかった銅の色だった。岩の板が剝がれ落ちた部分は、ほとんど金色に輝《かがや》いて見えた。いま、太陽を背《せ》にしてこちらに向いている岩壁《がんぺき》は、深く暗い紫《むらさき》色だった。

見えるほうの目で、ベンはビュートとその周囲を見つめた。アロヨ（涸《か》れ谷《だに》）、山の頂《いただき》、小さなメサ（卓状《たくじょう》台地）、ほかのビュートなど、付近の特徴《とくちょう》を観察した。

ベンに影をとどかせているビュートは、ほかのビュートとくらべても、堂々たる風格のものだ。太陽を背《せ》にして、岩は影《かげ》と溶《と》け合い、ひとつになって、ベンのほうに向かって動いてくるようだ。

いま、太陽は、ビュートの向こうに完全にかくれた。ビュートは、さながら黒い塔《とう》だ。と、ひと筋《すじ》のきらめく光線が、ビュートの固い岩をつらぬいて流れた。ほんの一瞬《いっしゅん》のことだった。そのあと岩は、ふたたび固く、黒い、もとのすがたにもどってしまった。

ベンは、この光線を見たかったのだ。勝ったぞ！　とベンは思った。どこへ行くべきか、いま知ったのだ。ベンは首をめぐらして、マデックを見おろした。

砂漠《さばく》全体が、やわらかな、赤い光輝《こうき》に包まれていた。白いジープでさえ、いまはピンク色に染《そ》まり、キャンプのまわりを歩いているマデックは、小さく赤い豆粒《まめつぶ》のようだった。

ベンはすわって、待ちつづけた。暗闇《くらやみ》のおとずれは非常にゆるやかだった。しかし、ついに夕焼けがうすれて消えてゆき、月のない黒ずんだ空に、星があらわれはじめた。

ベンは、パチンコと、弾《たま》の入った刻《きざ》みタバコ入れをつかむと、よろよろと立ちあがった。歩きはじめた。マデックに見つからないよう、北側の山腹《さんぷく》をおりた。

しばらく行くうちに、不安がベンをさいなみはじめた。足に当たる石の痛《いた》みはすさまじく、息もできないほどだった。いつ何どき、鋭利《えいり》な石の先端《せんたん》に足の裏《うら》をつらぬかれるか、わからなかった。

ようやく、サガロ（ハシラサボテンの一種）のすがたが見えた。砂《すな》の上に黒く横たわる、巨大《きょだい》なサガロ。もっと若《わか》いサガロが数本、忠実《ちゅうじつ》な歩哨《ほしょう》のように、身じろぎもせず周囲に立ちならんでいる。サガロを見た瞬間《しゅんかん》、ベンは足どりが軽くなったように思えた。痛みも少しやわらいだような気がした。

ああ、小さなヒーラ・ウッドペッカー（サボテンキツツキ）よ。ベンは祈《いの》った。ここにいてくれ。この場所が気に入って、ここに巣をつくっていてくれ。ぼくは、おまえが必要なんだ。

ベンは以前、ウッドペッカーのほうが人間よりずっと利口《りこう》だなんていったいどういうことなのかと、腹立《はらだ》たしく思ったものだ。ヒーラ・ウッドペッカーは、サガロをぜったいに死なせなかった。この鳥は、人間と同様この巨大なサボテンを傷《きず》つけるのだが、人間とちがって、決してサボテンを殺さない。

樹齢《じゅれい》十年のサガロは、野球のボールくらいのものだ。二十年たつと人間ほどの高さになる。荒《あ》れた砂漠で七十五年生きぬいたころには、四メートル近くに成長する。だが、まだまだ先輩《せんぱい》たちにくらべれば、小物でしかない。というのは、樹齢二百年、完全に成長しきったときのサガロは十五メートルに達し、砂漠の上に高々とそそり立つのである。茎は巨大なとげのよう。腕《うで》は力強く、まっすぐ上に伸《の》びて、天に祈るかのようだ。

サガロの皮に自分のイニシャルを彫《ほ》る人がいる。そんなことをしても、だれかがあとでそれを見ることなどまずないのだが。ところが、そのイニシャルは、この巨大《きょだい》な、二百年を経た植物にとって、文字どおり致命傷《ちめいしょう》となる。この傷口《きずぐち》からサガロは水分を失い、枯死《こし》するにいたるのである。多くの人たちが、ほんの遊び心からこうした残酷《ざんこく》な仕打ちをくりかえしてきた。

一方、ヒーラ・ウッドペッカーは、サガロの中に巣をつくってはいけない時期を知っている。雨季のあいだは決してサガロに傷をつけない。この小さな鳥は、サガロに頼《たよ》って生きている。サガロが枯《か》れてしまっては困《こま》るのだ。

しかしながら、巣をつくってもだいじょうぶなときには、ウッドペッカーは、サガロの固い表皮に小さな丸い孔《あな》をあけて、やわらかな湿《しめ》った内部に入りこむ。中をくりぬいて巣をつくる。サガロはすぐに、強い、かわいた、コルク状の繊維《せんい》で巣の壁《かべ》をおおう。こうやって、水分が逃《に》げ、サガロ自体が枯れてしまうのを防ぐのだ。そればかりでなく、このコルク状の被膜《ひまく》に包まれて、巣は、ヒーラ・ウッドペッカーの雛《ひな》たちにとって、しごく居心地のいいものになる。

古いサガロの中には、何十個ものこういう巣があるはずだ。サガロが寿命《じゅみょう》を終えて枯死したあとも、それらは残っている。かさかさしていて、ちょっと不格好《ぶかっこう》なブーツのように見える。

ベンが古いサガロの木のところに着いたとき、月が出た。サガロは、砂漠《さばく》の地面に横だおしになって枯れはて、円筒型《えんとうけい》の外殻《がいかく》だけになっている。その外殻の中に、細長い釣《つ》りざおのようなものが並《なら》んでいるのが、最初の月明かりで見えた。これらの細い管は、かつては水をたくわえるためのパイプだった。サガロの根は、ときには二十メートル四方にまで広がって水を集める。その水を、このパイプが吸《す》いあげていたのだ。いま、それらは干《ひ》からび、手で折りまげるとカサカサと鳴った。

ベンは、枯れたサガロの中からウッドペッカーの巣を二つ、引っぱり出した。じょうぶな外皮をした、ウリ型のもので、一方のはしに穴《あな》があいている。

まず、注意深く、ふってみる。中にサソリがかくれているかもしれない。危険《きけん》がないのを確《かく》認《にん》すると、砂《すな》の上に腰《こし》をおろし、それを足にはめた。はめるのは痛《いた》かったが、いったん足を入れてしまうと、痛みはやわらいだ。立ちあがった。石が直接ふれなくなったので、だいぶ助かる。これで、ひやひやせずに歩ける。

長く保《も》つものではない。ヒーラ・ウッドペッカーの巣は、もろくてうすい。しかし、道を選んで、足を平らに着地させ、まっすぐ持ち上げるようにして、注意深く歩けば、けっこう役に立つ。

巣は、ほかに五つあった。それを全部とった。腕《うで》にかかえて、西を向き、歩きはじめた。

歩くにつれて、巣はひとつひとつ、すりへり、なくなっていく。月光はいまや砂漠じゅうにあふれ、距離感《きょりかん》を狂《くる》わせていた。

ときおりユッカが見えたが、近寄らなかった。ソトルの花は見えないだろうか。すーっと背《せ》の高い、ソトルの花。それは、葉から二メートル以上も伸《の》びた茎の上に咲《さ》く。なかなか見つからなかった。最後の巣がすりきれて、ふたたび裸足《はだし》になってしまった。しかたなく、近くのユッカの木に向かって歩きはじめた。そのとき、ソトルが見えた。前方右側。まっすぐに、身じろぎもせずに立つ長い花茎《かけい》。まるで、ばかでかいビン洗《あら》いブラシのようだ。ソトルもユッカも、サボテンではない。ユリ科の仲間である。ユッカは、葉の先端《せんたん》にとげを持っていて、そのせいで「スペインの銃剣《スパニッシュ・バヨネット》」という異名《いみょう》がある。ソトルには、そのとげがない。ただし葉は、こちらのほうが頑丈《がんじょう》だ。

まだ若《わか》い木だった。ベンは、さっそく仕事にとりかかった。やや古い葉を二、三枚《まい》もぎとる。まず、葉の周縁部《しゅうえんぶ》を裂《さ》いてとる。葉のへりに沿《そ》ってびっしりと細かいとげが生えていて、両《もろ》刃《は》の帯のこぎりみたいなのだ。

するどい周縁部をとってしまうと、葉を引きさき、ほぼ一センチ幅《はば》のひも状のものをたくさんつくった。それが終わると、別の葉をもぎとって、また引きさく。今度は、少し広めの、バンドぐらいの幅のものをつくる。これを、織りはじめた。より合わせて、引っぱり、細いひもでしばる。それを何度もくりかえす。しだいに、平たい足型のものが出来上がる。それを重ねては、ひもでしばり合わせていく。

やがて、一対《いっつい》の不格好《ぶかっこう》なサンダルができた。ソトルのひもで足にしばりつけた。歩くと痛《いた》かった。しかし、石の上を裸足で歩くのよりは、ずっとましだった。葉を何枚も集めて、束《たば》にした。それをソトルのひもで結《ゆ》わえて背負《せお》い、ふたたび歩きはじめた。

ビュートをめざして、西に進んだ。月は沈《しず》みかけ、夜はふけていた。足の痛みもひどかったが、喉《のど》の渇《かわ》きがしだいに苦痛《くつう》を増していた。舌は、からからに干上《ひあ》がり、ところどころ、ぱっくり裂けているような感じさえした。口の中いっぱいに膨脹《ぼうちょう》し、重苦しいかたまりとなって、くちびるを圧迫《あっぱく》していた。喉は熱かった。ほこりをかぶっているかのようだった。やや間《ま》をおいて、ズキーン、ズキーンと痛む。一回の痛みが長くつづく。しかも、一回ごとに痛みがはげしくなってくるようだった。

うすれてゆく月光の中で、ビュートは遠い山脈と同じくらいにはるかだった。夕方ベンを招いてくれた影《かげ》は、いま、砂漠《さばく》の上にない。遠く静かに、なぜか不機嫌《ふきげん》に、空虚《くうきょ》な砂漠の上にそそり立っている。不吉《ふきつ》で、黒く、おどしつけるような気配《けはい》を放っていた。

ベンは、しじゅう立ちどまった。サンダルのひもがすぐにちぎれて、とりかえなければならなかったのだ。立ちどまるつど、足と、石だらけの地面とをへだてるソトルの葉が、しだいにうすくなってくるのに気づいた。

涼《すず》しい夜のうちに、もっと歩いておくつもりだった。しかし、歩いているうちに、夜明けまでに角礫岩《かくれきがん》のあたりまで行ければいいほうだと思うようになった。

のろのろとした足どりだった。このぶんだと、砂漠《さばく》の上にいるうちに夜が明けて、マデックに見つかってしまうかもしれない。なにしろマデックは、見晴らしのいい台地の上に陣取《じんど》っているのだから。

引き返して、もとの山の中に入りこもうか。いや、だめだ。あそこにもどっても死ぬだけだ。それなら、角礫岩のところで死ぬのも同じことだ。

前に進むしかない。だが、こんなゆっくりしたペースではだめだ。急がなくては。

意志と体力をふりしぼって、無理やり走りはじめた。

ぶざまな走り方だった。厚い不格好《ぶかっこう》なサンダルがパサパサ音を立て、背中《せなか》のソトルの葉の束《たば》がバサバサゆれ、パチンコが月光の中でおどった。

マデックがジープから見ていたとしたら、大いにあざわらったことだろう。ベンは、裸《はだか》で、月光を浴びて、荒涼《こうりょう》とした残酷《ざんこく》な砂漠の中を、ただ一人、よたよたと駆《か》けていった。

7
非情の壁《かべ》

ベンは、ビュートの根もとに立っている。ビュートが憎《にく》らしかった。黒い岩の塔《とう》は、星空に向かって傲然《ごうぜん》とそそり立ち、岩石がみにくく散乱《さんらん》する砂漠《さばく》と、かかわりなど持ちたくないかのようだ。

岩肌《いわはだ》は、さわるとあたたかく、まったく凹凸《おうとつ》がなかった。まっすぐに切り立って、金庫室の鉄のドアのように非情だった。何のひびも、裂《さ》け目もない。手をかけるところも、足をかけるところもない。少し上のほうは、わりあい楽にのぼれそうだ。しかし、根もとのあたりは、まるで取りつくシマがない。この最初の数メートルをどうやってのぼったらいいのか。岩は、ただ黙《だま》って、黒く無愛想《ぶあいそう》に突《つ》っ立っているだけだ。

ベンは、すでにビュートのまわりを一周してきている。ジープから見られない向こう側にのぼるルートがあればいいが、と思ったのだ。だが、向こう側は、こちら側以上に凹凸がなかった。十五メートル以下のところには、裂《さ》け目の影《かげ》さえない。

こちら側は、台地の上のジープから丸見えだ。しかし、四メートルほどの高さのところに、岩棚《いわだな》か、岩層《がんそう》のはしか、裂け目かがある。星明かりでは、そのうちのどれなのか見分けがつかなかった。しかし、そこへ手がとどかないのだ。岩の表面をずっとなでて裂け目か突起《とっき》を探《さが》したのだが、全然見つからない。

ふだんなら、ちょっとがんばれば取りつくことができただろう。だが、いまはだめだ。渇《かわ》きが、体の脱水《だっすい》状態が、限界に達しかけている。体力は失われ、意識がもうろうとしはじめている。舌の肉は剝《は》がれかけ、全身の痛《いた》みのなかでも、くちびるの痛みがとりわけ猛烈《もうれつ》だ。

極度の渇きが引きおこす最初の症 状《しょうじょう》は、さっき砂漠《さばく》を走っているときにあらわれた。突然《とつぜん》、体力がなくなり、だるさがおそった。足を持ちあげて、前に突《つ》き出し、ふたたび下におろす。そんなむずかしいこと、とてもできないと思った。走りながらも、そして走らなければ死んでしまうのだと知っていながらも、眠《ねむ》くて眠くてたまらなかった。走りながら眠りたい、どこでもいい、どんなふうにでもいい、眠ってしまいたかった。

頭上の小さな岩棚に取りつくという、ふだんならどれほどのこともない作業が、いまや大変な難《なん》事業となった。体力をふりしぼらなければならないばかりか、眠気《ねむけ》と恐怖心《きょうふしん》を追いはらわなければならなかった。

ベンは、渇きで死ぬ人の次の症状が何か、知っていた。だるさと眠気がつづき、おかしなことに飢《う》えの感覚はなくなる。やがて終末が近くなると、頭がくらくらしてくる。嘔吐《おうと》し、頭痛《ずつう》がする。体じゅうが痛くなる。最後に、体がむずむずしてくる。耐《た》えがたいむずがゆさが全身をおおう。それは、死の瞬間《しゅんかん》までやむことがない。この間《かん》に幻覚《げんかく》が起こる。すぐそばに水が見える。はっきりと見えるのだ。両手でかわいた砂《すな》をすくい、飲みこもうとする。

ベンは、肉体的な異状《いじょう》には何とか耐えられそうな気がした。しかし、幻覚が怖《こわ》かった。幻覚が起こったとき、自分がそれに気づかないのではないか。幻覚を追いはらう手段《しゅだん》がないのではないか。妄想《もうそう》に引きずられ、理性的な行動ができなくなるのではないか。

そそり立つ石の記念碑《きねんひ》の根もとで、ベンは作業を始めた。裸《はだか》で、実にみじめなありさまだった。ふだんなら軽々と放り投げられるくらいの石を、やっとの思いで持ちあげる。あえぎ、よろめき、ビュートの根もとまで運ぶ。そこに石を積みあげる。

石が必要な高さまで積みあがると、ベンはちょっと休んで、呼吸《こきゅう》をととのえた。腰《こし》をおろしたら二度と立ちあがれないような気がして、岩にもたれた。体がずるずると下がる。パチンコとソトルの葉の束《たば》をいっしょにして、ひもで結ぶ。ひもを輪にして首にかけ、荷物を背中《せなか》に背《せ》負《お》う。

石積みの上によじのぼり、手を上に伸《の》ばした。両手のひらをなめらかな岩肌《いわはだ》に這《は》わせる。顔をぴったりと崖《がけ》にくっつけているから、ベンには何も見えない。

指にふれるものは、何もない。凹《くぼ》んでいるところは、ない。のっぺらぼうの、あたたかい岩の壁《かべ》ばかりだ。

少し体をよじって、膝《ひざ》を曲げ、また岩にぴったりとはりつく。それから、すすり泣くような音を立てて深く息を吸《す》いこみ、体を突《つ》きあげた。両手を頭上高く伸《の》ばして、岩をまさぐる。

左手の指が、まるで独立して動いているかのように岩棚《いわだな》にふれた。けんめいにつかまる。岩《がん》壁《ぺき》とは直角に指を這《は》わせていく。四本の指が岩棚の上にのり、親指だけが、ぴたりと壁面《へきめん》にはりついている。右手のほうは、岩を引っかくばかりで、いっこうに岩棚にとどかない。体がまた、ずり落ちはじめた。右手を岩にはりつけ、左手の四本の指でけんめいに岩棚をつかむ。

指は、はずれなかった。ほこりで滑《すべ》って、かなりずり落ちたが、指先は残った。

が、ソトルのサンダルが、すべてをぶちこわした。右手でも岩棚をつかもうとして体を引きあげにかかったのだが、サンダルは、つるつる滑るばかりでまったく支えにならない。ふるい落とそうとしたが、半分はずれただけで、足にだらりとぶらさがり、いまや完全に何の役にも立たない。

手を離《はな》して、ずり落ちた。積みあげた石とぶつかったとき、片方のサンダルがベンの足をしたたかにねじまげた。

怒《いか》りと敗北感と絶望で泣きだしそうになりながら、サンダルをはずそうとした。サンダルを足に結びつけているひもが、なかなかほどけない。引きちぎろうとしたが、それもできなかった。ソトルの葉の繊維《せんい》はじょうぶなのだ。しかたなく、またほどきはじめた。めちゃくちゃに結び目を引きむしりたいのを、やっと、がまんした。

ようやくほどいて、サンダルをはずす。腹立《はらだ》たしさのあまり放り投げようとしたが、思い直して、ほかのものといっしょに結《ゆ》わえた。

岩棚に手がとどくことを知って、力が出てきたようだった。今度は、わりあい簡単《かんたん》に左手が岩棚をつかんだ。

とびつくようにして体を岩に寄せる。足の先が岩にぶつかって傷《きず》ついたようだ。岩壁にはりついて、右手を動かす。ようやく岩棚をつかむことができた。

ぶらさがった。足の傷が出血しているらしい。身近で音がする。奇妙《きみょう》な、口笛のような音。それが、自分が岩に吹《ふ》きかけている息の音だと気づくまでに、しばらくかかった。

指先をはじめ、体のすべての筋肉《きんにく》の感覚を総動員した。岩のつかみ具合、岩の手ざわり、ほこりの厚さの加減を感じとる。両手のうち、どちらがしっかりと岩棚に取りついているだろうか。どちらのほうに力があるだろうか。

どうやら、さっき落ちるひょうしに、ほこりをいくぶん払《はら》いのけていたらしい。左手のほうが指の下のほこりも少なく、しっかりと岩棚《いわだな》に取りついているようだ。よし、左手を使おう。

右手を、ゆっくりとはずした。体重のすべてを左腕《うで》にかける。左の手首を、右手の指でつかんだ。

左手だけでしっかりとつかまって、足の先と、膝《ひざ》と、太腿《ふともも》とで岩肌《いわはだ》のようすをさぐる。腹《はら》の筋肉《きんにく》さえも使った。少しでも支えになるようなところはないだろうか。

足の先は、岩がほんのわずか凸凹《でこぼこ》している部分を見つけただけ。膝は、まったく役に立たない。

岩にはりついたまま、体を突《つ》きあげる。右手を使って体を引きあげようとする。岩棚をつかんでいる指が、はずれそうになった。

必死に動かした右手が、岩棚にかかった。指が、岩棚の上を走り、おどり、さぐる。体が、またずるずると下がりはじめた。右手で岩棚のはしをつかむ。体は、とまった。

ベンの上の岩棚は、三十センチほどの幅《はば》らしい。東のほうに少し張り出している。

ほとんど体力がなくなっている。休んでいるゆとりもない。全体重をかけてぶらさがっている、その手の痛《いた》みが体じゅうに走る。指先は無感覚になりかけている。

体を、振《ふ》り子のようにふりはじめた。右へ左へ。腹と膝と胸《むね》が、岩をこする。

振り子の描《えが》く弧《こ》が、しだいに大きくなった。やがて、どちらかの手が岩棚からはずれそうなほどになったとき、全力をふりしぼって大きく右へふった。ふりあげた体をそのまま岩壁《がんぺき》に取りつかせる。両足の先をけんめいに動かして、岩壁をよじのぼろうとする。膝も動かす。膝がまるで指のない手のように、なめらかな岩をとらえる。胸も、腹も、ぴったりと岩にはりつかせる。頰《ほお》の伸《の》びかけたひげも、少しは支えになっているようだ。

右足が岩肌をよじのぼり、一瞬《いっしゅん》、宙《ちゅう》を蹴《け》った。岩棚の上にとどいたのだ。右足を岩棚の内側に投げ入れる。爪先《つまさき》が、岩棚の平たい棚《たな》の部分にふれ、そこをつかむ。両肩《りょうかた》を丸めて右手を自由にし、右肘《ひじ》を岩棚の上にかけた。

しばらく、じっとしていた。左手でつかまり、右の肘と右の足先を岩棚にかけ、左脚《あし》は、右脚の下に、だらしなくたれている。

このままじゃだめだ、とベンは思った。体のさまざまな部分が、いま、ひとつに感じられる。左脚が右脚の下になっている。この状態だと、岩棚の上に乗るには、体を一回転させるしかない。左足が先に岩棚にかかっていたほうが、ことは簡単《かんたん》だったろう。ただ脚と腕と手とで、体を岩棚の上まで引きあげればすむのだから。

最初からやりなおすのは、もう遅《おそ》い。それだけの体力がない。もしいま、右足を岩棚からはずし、体をもう一度ぶらさげたなら、下までずり落ちてしまうにちがいない。もしそうなったら、二度とふたたび、ここまでのぼってくることはできないだろう。

腕《うで》と脚《あし》の筋肉《きんにく》が震《ふる》えはじめていた。なまやさしい震えではなかった。体をはげしく使ったあとの、やわらかな震えではない。ひきつるような、体をゆり動かすような動きだった。コントロールのきかない、危険《きけん》な震えだった。一回ひきつるごとに筋肉が緊張《きんちょう》を失い、ゆるんでいくように思われた。

動かなくてはとあせったが、動けなかった。ずっとこんな格好をしていることはできない。すぐに落っこちてしまう。

しばらくのあいだ、うすく白い霧《きり》の中にいるような気がしていた。何もかも、はっきりとせず、ぼやけて感じられたのだ。が、いま、数秒間、霧が晴れたようだった。ふたたび、はっきりとするどく見、感じ、考えることができた。

のぼらなければならない。単純《たんじゅん》なことだ。のぼるしかないのだ。のぼらなければ、マデックは、ジープの中でハンドルにもたれて、のんびりとクルミを割《わ》りながらベンが死ぬのを見守ることになる。

ベンは動こうとした。体を回転させて岩棚《いわだな》の上に乗ろうとした。だめだった。それだけの体力が残っていない。だらりと体をもとにもどす。足と手と肘《ひじ》だけを岩棚にかけて岩壁《がんぺき》にはりつけた体が、ずるずると下がっていく。

突然《とつぜん》、怒《いか》りが爆発《ばくはつ》した。憤怒《ふんぬ》にかられるように、ベンの体はぐっと上方に持ちあがった。すすり泣くような声を立てながら、膝《ひざ》と脚と皮膚《ひふ》と足先とで岩につかまり、体を横転させた。

ベンは、岩棚の上にあお向けに横たわっていた。岩棚のふちが、ベンの背骨《せぼね》の下を走っている。ベンは、体の片側だけ岩棚にのせているのだ。片腕と片脚は、岩の壁面《へきめん》に沿《そ》ってぶらさがっている。

目をつぶっていた。呼吸《こきゅう》は、荒々《あらあら》しい、渇《かわ》ききったあえぎだ。腹《はら》は波打ち、筋肉は、あのするどい痙攣《けいれん》のせいで、痛《いた》い。パチンコのどこかの部分が背中《せなか》に食いこんでいる。しかし、どかすだけの体力がない。

太陽が出てきた。光線が、ベンの上にそそり立つ岩壁を黒から金色に変えている。小鳥たちが飛びまわっている。ときどき岩の上にとまるが、ほとんどは飛んでいる。

光線がゆっくりと動いている。どろりとした、目に見えない液体のようだ。しだいに下がってくる。やがてベンにふれる。ベンの体をもろに照らし出す。

ベンは、注意深く、時間をかけて、片脚ずつ脚を岩棚からずらし、ぶらさげた。岩壁に背《せ》をこすりつけながら、上半身を起こしていった。やがて、背を伸《の》ばす。岩棚に腰《こし》かけた格好だ。

尻《しり》の筋肉が岩にこすれている。

見おろすと、両足から血がしたたっている。岩肌《いわはだ》の上で、早朝の光を受けて、美しく輝《かがや》いている。

両手も、右の肘《ひじ》も、出血していた。両膝《りょうひざ》の内側も、やすりでもかけたように皮膚《ひふ》がすりむけて、血が出ている。

すわったまま、考えた。最後に水を飲んだのは、正確にはいつだったろうか。ビッグホーンに近寄るためにジープを離《はな》れる直前だったか。それとも、もっと以前だったか。三十分前か、一時間前か？

何としても知りたかった。しかし、思い出せない。ベンは、いらだった。

ジープを離れる直前に飲んだのなら、正午近かったことになる。そうだとすると、まだ六時間のゆとりがあるわけだ。

しかし、もっと前に飲んだのなら？

むしょうに腹《はら》が立ってきて、体が震《ふる》えはじめた。怒《いか》りの血が頭にどっとのぼってくるのを感じた。

突然《とつぜん》、気がついた。

どんなちがいがあるというのだ。六時間であろうと、五時間、四時間であろうと。

どっちみち、助かりっこないのだ。いま一瞬《いっしゅん》感じた無用の怒りが恐《おそ》ろしかった。これは幻《げん》覚《かく》の始まりではないだろうか？　精神錯乱《さくらん》の一種ではないだろうか？

不安にかられて頭をあげ、見まわした。

マデックは、ジープのわきに立って、砂《すな》の中に放尿《ほうにょう》していた。

太陽は、すでに東の山脈の尾根《おね》を離れ、より小さく――そしてより暑くなっている。

見おろすと、苦労して積みあげた石の山は、おどろくほど遠くに見える。これは、うれしかった。

岩棚《いわだな》は、奥行《おくゆ》き三十センチあるかないかだった。しかし、床《ゆか》は平らだった。岩の厚板がよほどきれいに剝《は》がれ落ちたのだろう。

身をよじり、両手で引っぱって、パチンコとサンダルを前にまわした。前にあれば、何かのとき使いやすい。

太陽の光の中で見ると、サンダルは厚くて不格好《ぶかっこう》だった。これをはくのは、あまりにも危《あぶ》なっかしい。といって、素足《すあし》のままでいるのも危険《きけん》だ。血で足を滑《すべ》らせるかもしれない。このビュートのもっと上のほうでそんなことになったら、命取りだ。

ショーツの前ボタンを開き、縫《ぬ》い目に沿《そ》ってびりびりと引きさいた。ショーツを下へおろして、ぬぎ、半分に裂《さ》いた。

岩棚が狭《せま》く、腰《こし》かけた不安定な姿勢《しせい》のままなので仕事がしづらかったが、何とかショーツの裂き切れで両足をくるみ、しばった。サンダルで歩くよりは格好よく歩けそうだ。もっとも、痛《いた》いのはサンダル以上かもしれない。

両手と両肩《りょうかた》を岩壁《がんぺき》に押《お》しつけて、ゆっくりと立ちあがった。岩を背《せ》に、両手両足を広げて立つ。


マデックは、ジープのフードの上にすわっている。双眼鏡《そうがんきょう》で山頂部《さんちょうぶ》を見ている。

ベンは、背中《せなか》を岩に押しつけたまま、片足ずつ動かして上へと移動した。両手はぜったいに岩から離《はな》さなかった。
十四、五メートルのあいだは、時間こそかかったが楽に歩けた。岩棚《いわだな》の幅《はば》は、広まりも狭《せば》まりもしなかった。包帯をした両足で、うすく積もったほこりの上を歩いていく。ほこりは、湿《しめ》った茶色の泥《どろ》に変わり、そしてすぐにかわいた。
見おろしてみると、もう、岩棚を伝って三、四メートルはのぼったようだ。ビュートの根もとの角礫岩《かくれきがん》からは、ほぼ九メートル上にいることになる。

岩棚が突然《とつぜん》、終わった。その先は、大きな垂直《すいちょく》の裂《さ》け目になっている。岩棚の末端《まったん》に立ち、首を伸《の》ばしてのぞいた。裂け目。まるで煙突《えんとつ》だ。広くて、とてもとびこせない。それに、向こう側には体を置けるような場所がない。

岩を背にしていたのでは、見あげることができない。で、注意深くつかまりながら向きを変え、胸《むね》と膝《ひざ》と腹《はら》を岩にぺたりとくっつける。

こんなふうに裸《はだか》の背中をマデックに向け、顔を岩に押しつけて立つのは、何ともいえず不気味な感覚だった。ふたたび筋肉《きんにく》が震《ふる》えるのを感じた。いまにも銃弾《じゅうだん》で体をつらぬかれそうな気がした。

聞こえる音といえば、ベンの頭上高く舞《ま》っている鳥たちのさえずりだけだった。

裂け目はV字型だった。外側に向けて二つの壁《かべ》が広く開いているが、内側でひとつにつながっている。

ベンが立っている場所で、裂け目の広さは、壁から壁まで約一・八メートルだろう。裂け目の奥行《おくゆ》きは、ほぼ四メートル半だ。見あげると、この形のまま空までとどくかのようにつづいている。まっすぐな、垂直のV字型。側面の開いた煙突。壁は、どちら側も凹凸《おうとつ》がなく、つるつるしているようだ。もっとも、まだ日光に当たっていないので、はっきりと見ることはできない。

ベンが歩いてきた岩棚は、少し外側に向かって張り出していた。そのことに、ベンは、いま初めて気づいた。ふりかえってみると、岩棚は、低いほうの末端部、地上約三メートルのところで岩壁《がんぺき》とまじりあい、とけこむようにすがたを消している。

できるだけ大きく身を乗り出して、暗い煙突を見おろした。ぞっとした。底まで、せいぜい十メートル前後と思っていたが、そんなものではなかった。ものすごい深さだった。落ちたら、ひとたまりもないだろう。暗かった。散乱《さんらん》する岩の上にとどく前に、陽光はナイフで断ち切られたかのようだ。裂《さ》け目の底は黒くよどんでいる。

頭をもたげて、岩壁《がんぺき》を見あげた。

何もなかった。目のとどくかぎり、岩の表面はなめらかだった。陽光の中で、ガラスのように光っている。なめらかで、金色だ。指一本取りつかせる場所もない。

念のため、頭を下げて岩にくっつけ、両手を伸《の》ばして上部の岩をなでまわした。

何の凹凸《おうとつ》もなかった。

腕《うで》をおろし、ふたたび広いV字型の裂け目を見つめた。

さっきより広く見えた。向こう側まで一・八メートルと思ったが、もっとありそうだ。優《ゆう》に二メートル以上あるだろう。

向きを変える。片方の肩《かた》を岩に押《お》しつけて、ゆっくりと動き、横向きになる。両足を狭《せま》い岩《いわ》棚《だな》の上でそろえ、横腹《よこばら》を岩にこすりつけるようにして、広い裂け目に面と向かった。

遠くで――別の世界で――ジープのエンジンをかける音がした。一回、二回。ふかしたり、チョークを引いたりして、ようやくエンジンがかかった。マデックはエンジンのあつかい方が乱暴《らんぼう》だ。

ふりかえらずに、ベンは前に出た。両方の足の裏《うら》の前半分を岩棚の外まで出した。土踏《つちふ》まずの半分とかかとだけが、岩棚にかかっている。

体を前にたおした。

体を固くして、両腕《りょううで》を前に伸ばし、両方の手のひらを大きく広げて、裂け目の反対側の壁《かべ》に向かって体をたおした。

まずいな。こんなはずではなかったのに。でも、もうやるしかない。――そんな思いが頭をかすめた。

ベンは、太陽の輝《かがや》きを離《はな》れて、V字型の暗黒の中に沈《しず》んだ。

両手が、向かい側の岩壁を予想以上のはげしさで打った。のっぺらぼうな壁に取りつこうと、手のひらや指先をけんめいに動かす。が、体の重みで、両手がずり落ちそうだ。

体を下がらせてはならない。ベンは必死になって、背中《せなか》をまっすぐ平らに保ち、両足に力をこめた。両足は、まだ岩棚のはしにかかっている。両手と両足を思いきり伸ばし、体を突《つ》っぱらせる。腹《はら》の筋肉《きんにく》がひきつる。ベンの体は、V字型の裂け目にかかる橋のようだ。

だめだ。腹の筋肉がふたたび、はげしくひきつりはじめた。体が沈んでゆく。岩壁にとりすがった両手を、体の重みが引きずりおろそうとする。

見おろすと、裂け目の一部に陽光がくっきりと差しこんでいる。それに照らされた岩は、強い陰影《いんえい》をともなって鮮明《せんめい》に輝いている。ベンの真下の岩は、うす暗がりの中で、どすぐろい影《かげ》のようだ。

ふいに、衝動《しょうどう》にかられた。こんなこと、自分にできるはずがない。二度とふたたびするはずもない。そうわかっていながら、ベンは、V字型の裂《さ》け目のすみの部分に向かって、身をおどらせた。体を空中で回転させ、両手両足をふりまわし、けんめいに岩に取りつこうとした。岩棚《いわだな》の下一メートル半のところで、体がとまった。両手両足を岩にはりつけている。小さな荷物――ソトルの葉とパチンコ――は、腹《はら》の上だ。背中《せなか》を丸めた。両手のひらと両足のかかとに力をこめる。ゆっくりと、一時《いちどき》に片手片足しか動かさずに、Vの字の角《かど》の中に、さらに深く入りこんでいった。頭が岩をこする。両肩《りょうかた》が岩にふれる。顔が胸《むね》にくっつきそうになる。やがて、完全にVの字のすみに入りこむ。背中が一方の岩壁《がんぺき》に、膝《ひざ》が他方の岩壁にぴったりとくっつく。

ベンは、よじのぼりはじめた。見あげることも、見おろすこともしなかった。背中の皮が、固い岩壁に当たって、むけていく。

体じゅうの肉が痛《いた》かった。背中の皮ばかりか、膝や向こうずね、足の先の皮も剝《は》がれていく。どこもかしこも痛くてたまらない。

舌は、いまやすさまじい大きさに膨脹《ぼうちょう》し、口からはみ出していた。巨大《きょだい》な紫《むらさき》色の、脈打つかたまり。ところどころで肉が剝げ落ちている。鼻を、なかばふさいでいる。くちびるもひどい状態だ。何か所か肉が剝がれて、たれさがっている。

小さな溶接《ようせつ》用火炎《かえん》ランプで、目のはしに炎《ほのお》を吹《ふ》きつけられているような気がした。まばたきをしないようにした。湿《しめ》り気《け》がまったくないから、まぶたは、なめらかに眼球の上を走らない。ガサガサとかわいた音を立てて眼球を引っかくだけなのだ。

なかばふさがれた鼻で、やっと空気を吸《す》いこんでいる。その空気たるや、炎の流れのようだった。目や喉《のど》を通って体じゅうに広がり、皮膚《ひふ》を焼きつくすように思われた。

上を見たくてたまらなかった。あとどれだけのぼらなければならないのか、知りたかった。しかし、けんめいにこらえた。残された距離《きょり》の大きさに、がっくりしてしまうのが恐《おそ》ろしかった。

全身、痛みに包まれていた。どこにも、何の音もしない。ただ、ゼイゼイという自分の呼《こ》吸音《きゅうおん》だけが聞こえる。もはやどこにも光はない。はっきりした感覚もない。岩にふれる手や指の感触《かんしょく》もない。痛み以外、何もない。時はとまった。距離は意味を失った。

何も考えなかった。ひたすら体を動かし、岩をよじのぼっていく。何を考える必要もないのだ。ゆっくりしたリズム。ひとつの筋肉《きんにく》、つづいて別の筋肉。ひとつの骨《ほね》、つづいて別の骨。それをくりかえして、のぼっていく。永久に、くりかえす。

ふと気づくと、両肩が何にもふれていなかった。両足の動きに突《つ》きあげられて、上半身が空間に押《お》し出され、前にたおれた。Vの字のてっぺんで頭を下にしてぶらさがった格好だ。下には六十メートルの裂《さ》け目が黒々とした口を開けている。体は、まだよじのぼろうとするかのようにもぞもぞと動きつづけていた。

陽光を感じて、ようやく体の動きをとめた。

強烈《きょうれつ》な日差しだ。そっと目を開いて、あたりを見まわした。すべてが、かすんで、ぼやけていた。

なかば這《は》うようにして、よたよたと日かげに移った。岩が平らになっているところで、くずおれ、ぶざまに横たわる。小鳥が数羽、近くに舞《ま》いおりて、ベンを見つめていた。

8　岩のトンネル

　ベンは、こんなにおぞましい太陽を見たことはなかった。雲ひとつない空に、高くのぼった太陽。なぜ、こんなに高いのか。あの岩の煙突《えんとつ》をよじのぼるのに、なぜ、こんなに時間がかかったのか。

　ベンは、自分の体を見つめた。吐《は》き気《け》を感じた。足の甲《こう》は、肉がずたずたになり、血みどろだった。よごれた、血だらけのぼろ切れが、それをなかばおおっている。岩にこすられた部分は、血が赤い露《つゆ》のように盛《も》りあがっていた。赤むけ、血まみれのベンの体を、小さい意地悪そうな太陽が、焼きこがそうとしていた。

　もう十一時にはなっているだろう。体を起こしたとき、ベンは、もう持ち時間があまりないことを知った。あのむずむずが、全身に始まっていた。腹立《はらだ》たしいことに、肉がすでに引きちぎれてしまったところが、いちばんむずがゆいのだ。

実に気分が悪い。体力がまったくない。嘔吐《おうと》した。ぬらぬらした液体の中に、食べ物の細かな切れはしが混ざっている。すぐにかわいていく。手足がひきつり、はげしく震《ふる》えた。見えない糸が手足をあやつっているかのようだった。

目を無理に見開く。眼球は、かわいた眼窩《がんか》の中で、とほうにくれて意味もなくきょろきょろ動こうとする。が、けんめいに焦点《しょうてん》を合わせる。自分が、広い、なだらかな勾配《こうばい》を描《えが》いた岩《いわ》棚《だな》の、一方のはしにすわっているのに気づく。頭上高く、岩壁《がんぺき》はまっすぐに突《つ》っ立っている。この数十メートル上に頂上《ちょうじょう》があるのだろう。岩の表面は、墓石のようになめらかだった。

岩棚に沿《そ》って視線《しせん》を走らせる。岩棚が突然《とつぜん》終わっていることに気づく。岩壁とゆるやかに合体するのではなくて、するどく断ち切られているのだ。

岩棚と、切り立った絶壁《ぜっぺき》。それ以外には何もない。くぼみも、亀裂《きれつ》もない。鳥たちが興味を持ちそうなものさえ見あたらない。

日かげもない。午後遅《おそ》くになったら、日かげができるかもしれない。しかし、それでは遅すぎる。ベンにとっては何の役にも立ちはしない。

全身の力をふりしぼって立ちあがった。岩棚の上を一歩踏《ふ》み出したが、足の痛《いた》みに、思わずくずおれそうになった。

両手を壁面《へきめん》に当ててけんめいに体を支えながら、よろよろと歩き、やがて、岩棚のはずれに来た。

　まるで、だましうちだ。実に卑劣《ひれつ》なやり方だ。ひどすぎる。

　岩棚は、まるで、巨大《きょだい》な帯のこぎりで切断されたかのように終わっている。切断面は完全にまっすぐだった。断崖《だんがい》が、角礫岩《かくれきがん》のところまで一気に落ちこんでいる。切り立った壁面には、裂《さ》け目も割《わ》れ目もない。

　何かが——氷河期の寒気《かんき》か、猛烈《もうれつ》な地震《じしん》か、マグマの噴出《ふんしゅつ》のさいの高熱かが、このビュートの岩壁に大きな切れこみをつくりだした。まっすぐに立った、じょうごの形の切れこみ。上から下へ、真っ二つに断ち切られたじょうごだ。ベンのいる岩棚は、そのじょうごのカップの部分の半分ほどの高さのところに入りこんだ形になっている。頭上高く、じょうごのふちが望めた。そこは非常に広い。差しわたし三十メートルはありそうだ。ベンの下、じょうごの放出口にあたる部分は、煙突《えんとつ》のようだった。ベンがのぼってきた裂け目に似ているが、V字型ではない。丸かった。半分に断ち切られた円筒《えんとう》だった。

　ベンのいるところからじょうごの向こう側まで、少なくとも十五メートルの空間が口を開けている。じょうご自体のカーブした壁面の部分を加えれば、それ以上の距離《きょり》になる。

　向こう側の岩がどんなふうになっているかは、わからなかった。というのは、剝《は》がれかかってそのままになった玄武岩《げんぶがん》の板が、岩壁の外側に、うすい塀《へい》のように立っていたからだ。根もとだけが岩壁《がんぺき》にくっついているらしい。この塀《へい》と岩壁とのあいだが、狭《せま》い廊下《ろうか》になっている。岩の壁《かべ》に太陽をさえぎられて、廊下は深い影《かげ》の中に横たわっている。

あの暗い廊下の中に何があろうと、ぼくには関係のないことだ。そちら側に行くことなどできっこないのだから。――ベンは、そう思った。

じっさい、どこへも行けやしないのだ。いまや、あまりにも死に接近しすぎている。あの長いV字型の煙突《えんとつ》を、ふたたびおりていくことなどできはしないし、仮に体が最高のコンディションであったとしても、ロープやハーケンやハンマー、スパイクつきのブーツやじょうぶな手袋《てぶくろ》がなければ、この絶壁《ぜっぺき》を移動できるものではない。そして、向こう側に立ってロープを固定してくれる人がいなければ、じょうごのカップの部分になっている、カーブした壁をわたれるものではない。

とほうにくれて、岩の塀を見つめて立っていた。と、何かがベンの腕《うで》に当たった。衝撃《しょうげき》で腕が跳《は》ね、岩にぶつかった。それから、発射音《はっしゃおん》が沈黙《ちんもく》を破った。こだまする発射音を聞きながら、ベンは、ふたたび岩に身を寄せた。壁面《へきめん》にぺたりとはりついた。

ほんの少し腕を動かしてみて、おどろいた。手首と肘《ひじ》の中間あたりに、ぽつんと紫《むらさき》色の小さな穴《あな》があった。

ゆっくりと腕を上へ曲げると、もう一方の穴が見えた。こちらはかなりギザギザしていて、あざやかな色の血をしたたらせている。血は、手のひらに流れ落ちている。

痛《いた》みは、まったくない。

親指を一方の穴に、人さし指をもう一方の穴に当てて、そっと押《お》す。痛い。しかし、口の中の痛み、目の燃えるような苦しみ、赤むけの体に照りつける日光のつらさにくらべれば、どうということはない。

ゆっくりと腕を上下左右に曲げる。痛みは、増すこともなく減ることもない。

にぎりこぶしをつくる。指の動きも、いつもどおりだ。

銃《じゅう》で撃《う》たれたのだ。しかし、とくべつ被害《ひがい》はないといっていい。血も、もうとまっている。

しばらくのあいだ、マデックのことを考えていなかった。しかし、こうなったら考えざるをえない。

マデックは、ぼくを撃ち殺そうとしている。

マデックに撃たれて、ぼくの死体は、この高い崖《がけ》の上から転落する。何度も何度も岩棚《いわだな》にぶつかりながら落ちていき、最後に角礫岩《かくれきがん》にたたきつけられる。死体は、めちゃめちゃになっているだろう。転落する前に死んでいたのではないかなどと思う人など、一人もいないだろう。

かすかに、ジープのエンジンをスタートさせる音が聞こえた。まるで、別の世界の音のようだ。

マデックは、ベンの見える場所を見つけようとしているのだ。

それは、そうむずかしいことではないだろう。

ジープの音を聞いて、ベンはふと、子どものころ見たものを思い出した。オートバイの曲乗りのための装置《そうち》で、ベロ・ドロームと呼《よ》ばれていた。ある年のカウンティ・フェア（郡の農業品評会）で見たのだった。長い赤いスカーフを風になびかせた娘《むすめ》が、オートバイに乗っていた。ベロ・ドロームの木製の穴《あな》の底から、傾斜《けいしゃ》した壁《かべ》をぐるぐるとまわりながらのぼってきて、最後に、完全に垂直《すいちょく》な木の壁の上を走る。信じられない光景だった。赤いスカーフをまっすぐ後ろになびかせて、娘は宙《ちゅう》を駆《か》けた……。

数分後に、マデックは、ベンをふたたび狙撃《そげき》できる場所を見つけるにちがいない。

ジープのエンジンがとまれば、ぼくはおしまいだ。

ベンは、背中《せなか》に手を伸《の》ばして、ソトルの葉とパチンコを前にまわした。なるべくきつくしばって、荷を小さくする。ふたたび背中にもどす。背骨《せぼね》のあたりに結《ゆ》わえつける。

片足ずつ、ショーツの裂《さ》き切れを剝《は》ぎとった。

準備ができると、ちょっとたたずんで、岩棚《いわだな》の向こうの、熱い、凹凸《おうとつ》のない、じょうごの斜《しゃ》面《めん》を見つめた。

下方はるかにジープがあらわれ、ブレーキをかけてとまった。マデックが下車し、土ぼこりの中を歩きだす。

ベンはいま、はっきりと思った。ぼくはここで死にたくない。ここではいやだ。草も生えない岩山の上で死ぬのは、まっぴらだ。

岩棚の上に出ていった。

急いでいた。両手を岩壁《がんぺき》について、体を押《お》し出す。走った。走りながら、足から突《つ》きあげてくる痛《いた》みを、少しでもやわらげようとした。

マデックはまた撃《う》っただろうか。わからない。関係ない。ベンはもう、明るい、暑い、小さな世界に入りこんでいる。陽光と岩と沈黙《ちんもく》だけが支配する世界。自分の呼吸《こきゅう》も、足音も、はげしい鼓動《こどう》も、聞いてはいなかった。

何も感じなかった。体の動きが起こす風も、太陽の熱気も、すりむけた背中にふれる荷物の感触《かんしょく》も。ただ、足の裏《うら》が踏《ふ》む岩だけを感じていた。すべての注意力を、両方の足の裏にだけ集中していた。

岩棚のはずれまで走って、傾斜《けいしゃ》したじょうごの岩壁の上に出る。

足の裏の、熱い岩にふれる部分が変わった。もはや、足を平たくつけて走ってはいない。左足の左側、つまり外側の足の裏と、右足の内側の足の裏だけを使っている。

全神経をこの二か所に集中している。どんな小さな凹凸《おうとつ》も感じとって、そこに取りついては、離《はな》す。岩棚《いわだな》がなめらかだと、そっとくっつける。足指が、手の指と同様に敏感《びんかん》に感じ、つかみ、離す。

走りながら、左手で、わきの岩壁《がんぺき》にさわっていた。そっと、やさしくなでている。つかむのでも押《お》すのでもなく、指先を軽く、岩に沿《そ》って走らせる。

右腕《うで》は突《つ》き出していた。心もち曲げている。指は大きく広げている。空気の中に支えを見つけようとしているかのようだ。

どんなに小さな凹凸でも、それを感じたときには、足の裏《うら》に力をこめて、つかんだ。何の足がかりもない、なめらかな岩だと、力を入れなかった。

走った。感触《かんしょく》に頼《たよ》り、バランスをとりながら、けんめいに走った。カーブした岩壁が、ベンのそばを猛烈《もうれつ》なスピードでまわっているようだ。

下り勾配《こうばい》になっていた。ベンは、広い岩棚から反対側の暗い廊下《ろうか》に向かって、じょうごの壁《かべ》をまっすぐに横切るつもりだった。この廊下のはしも、じょうごの岩壁に出会うところで、断ち切られたように終わっていた。

しかし、ベンはいま、岩壁をしだいにくだっている。ひと足ごとに、ほんのわずかずつおりていく。

岩棚を離れるときには、向こう側の暗い廊下の中が見えた。廊下の床《ゆか》の上に石がころがっているようすや、岩の塀《へい》が床と接しているところも見えた。

そのうちに、床が見えなくなった。というのは、廊下の入り口がだんだんとベンより高い位置になってきたからだ。

もし、廊下のその狭《せま》い入り口に着いて、その中に入りこめなかったとしたら、あとは、じょうごのふちまで走って、崖《がけ》からころげ落ちるしかない。

廊下は、赤みがかった茶色の岩壁の中に、黒い長方形を形づくっていた。近づいてくる。が、近づくにつれて高くなってくる。

両腕を高く伸《の》ばした。指先をさかんに動かして、さぐる。

ふれた。廊下のはしの、切りそいだような岩の床だ。しっかりとつかんだ。

すべてが停止した。体の動きが、空気の震《ふる》えが、両足の軽い感触が、とまった。ベンはぶらさがった。切り立った岩壁に体をぴったりと寄せて、両腕を思いきり伸ばして、指を岩の床のはしにかけて。

岩にふれるのがめずらしいような気がした。まるで、さっき走っているあいだじゅう、岩にふれなかったみたいだった。指で岩をなで、両方の足の裏で岩を踏《ふ》んでいたのだけれど、あれはほんとうだったのだろうか。

この岩は、固く、あたたかく、そしてやわらかな感じがした。まるで、あたたかい、ちょっとごわごわしたカーペットの上に横たわっているようだった。眠気《ねむけ》をさそう、こころよい感覚だった。このまま、じっとしていよう。ここで、このあたたかいカーペットの上で、眠《ねむ》っていよう……。

右手の指が、しだいしだいにずり落ちていた。しかし、ベンは気づかなかった。

小指がはずれた。そのときの小さなショックで、われに返った。両腕《りょううで》がしだいに痛《いた》くなっているのに気づいた。

必死によじのぼった。無我夢中《むがむちゅう》だった。ついに床《ゆか》まで達した。狭《せま》い岩の廊下《ろうか》の、暗闇《くらやみ》の中にころがりこんだ。

筋肉《きんにく》をはげしく震《ふる》わせながら、四つんばいになって入りこむ。廊下ではなかった。トンネルだった。外側のうすい壁《かべ》は、上でカーブして屋根を形づくり、ビュートの一部になっていたのだ。

百万年前、砂漠《さばく》が海だったとき、波がこのトンネルをつくったのだ。岩のとがった突端《とったん》を洗《あら》って丸くし、両側の壁と床をなめらかにしたのだ。

トンネルの中に、ゆるやかな曲がり角がぼんやりと見えた。ベンは、その方向へ這《は》っていった。床はしだいに下り勾配《こうばい》になり、非常になめらかだった。向こうの口からうっすらと光が入りこみ、岩がわずかに輝《かがや》いていた。

曲がり角をゆっくりとまわった。

そこに湖があった。ビュートの中、暗く、ほのかにきらめく、美しい水をたたえた巨大《きょだい》な湖。

9　ウズラを撃《う》つ

渇《かわ》きのために死にかけている人々の示す症 状《しょうじょう》のなかに、ひとつ、不思議なものがある。こういう場合、脱水《だっすい》症状が極端《きょくたん》にはげしく、塩分も非常に少なくなるので、血液の濃度《のうど》が大きく変化する。汗《あせ》はまったく出ないし、ふだんは湿《しめ》って液体でうるおっている粘膜《ねんまく》は、かさかさになり、剝《は》がれ落ちる。口にも喉《のど》にも、唾液《だえき》はなくなる。ふだんは水分の多い眼球のまわりも、乾燥《かんそう》しきっているから、どんなに細かなほこりが入っても激痛《げきつう》を起こす。

しかもなお、このような状態の人たちが救出されると、臨終直前《りんじゅう》の完全な脱水症状の人々でさえ、かならずといっていいほど、泣く。涙《なみだ》を流す。一瞬《いっしゅん》前には、からからで痛《いた》みしかなかった目に、涙があふれるのだ。この涙がいったいどこから出てくるのか、だれも知らない。

ベンは、カーブした岩壁《がんぺき》に背《せ》をもたせかけて、トンネルの床《ゆか》の上にすわっている。

湖ではなかった。

水たまりだった。直径約四メートル半。いちばん深いところでも六十センチ以上はないだろう。まわりじゅうに小鳥の糞《ふん》がこびりついている。水自体も、はじめにそう見えたように輝《かがや》いていないし、美しくもない。うすぎたなくて、すえたような、ほこりっぽい味がする。

だが、うまかった。

ベンは、腹《はら》ばいになって、思いきり飲んだのだった。ひと休みして、また飲んだ。水が内臓《ないぞう》を通りぬけ、血の中に入りこみ、体じゅうに循環《じゅんかん》していくのが、じっさいに感じられるのだった。

もう一度飲んで、ごろりと体を回転させて水たまりから離《はな》れた。そのとたんに、眠《ねむ》りこんでしまったのだった。

いま、ベンは、子どものころの感覚をよみがえらせていた。悪い夢から目をさましたとき、母がそばにいてやさしく慰《なぐさ》めてくれた。あのときの感覚。両親が死んでからは、伯父《おじ》の家で育てられ、こんな心安まる感覚は、ずっと味わっていなかった。いま、久しぶりに、この小さな水たまりのそばで、強い鳥糞《ちょうふん》のにおいに包まれて、ベンはその感覚にひたっている。

舌は、ふつうのサイズにちぢんでいた。喉はまだ、ざらざらしていたが、だいぶ楽になっていた。目はふたたび湿《しめ》り気《け》をおびていた。体の中に力がもどっているのが感じられた。

空腹《くうふく》だった。

山の尾根《おね》で過ごした最初の夜以来、あまり空腹《くうふく》は感じなかった。とくにこの数時間というものは、まったく感じなかった。しかしいま、飢《う》えがベンをさいなんでいた。

眠《ねむ》っているあいだに日差しが変化していた。いまや、いちばん強烈《きょうれつ》な光線は、ベンが入ってきた入り口から来ている。反対側の、まだ行ってみていないほうの入り口からは、ぼーっとにぶい光が来るだけだ。

立ちあがり、水たまりをまわって、廊下《ろうか》をくだりはじめた。足も、それほど痛《いた》くはないようだった。

廊下のはずれに、太古の波が、外側の岩壁《がんぺき》を非常にうすくなるまで侵食《しんしょく》しているところがあった。ところどころ、壁《かべ》をつらぬいてさえいる。そのために、壁が、小穴《こあな》のいっぱいあいた茶色っぽいチーズのように見えた。

トンネルは荒々《あらあら》しい感じで終わっていた。外側の壁がくずれ落ちて岩の破片《はへん》が散乱《さんらん》し、廊下が広くなっている。その先に、広い、かなり歩きやすそうな岩棚《いわだな》が見えた。それは、約十五度の勾配《こうばい》で上方に傾斜《けいしゃ》して、ビュートの頂上《ちょうじょう》とおぼしいところまでつづいている。

ベンは、その広い岩棚の上に出ようとした。が、そのとき、数時間ぶりに、また自分の敵のことを思い出した。マデックは、ベンがビュートのどこかにいることを知っている。ベンがいまのような一瞬《いっしゅん》のミスをおかすのを、待っているにちがいない。

トンネルの中に引き返し、ソトルのサンダルのひとつをとった。外側の壁の小さな穴《あな》のわきにひざまずき、ゆっくりとサンダルを穴の外におろした。

銃弾《じゅうだん》は飛んでこなかった。砂漠《さばく》からは何の音も聞こえてこない。

ベンは、もっと大きな穴からやってみた。暗いトンネルの壁にあいたこれらの穴は、マデックから見れば、岩の表面についた黒いしみでしかないだろう。

ベンは、サンダルをおろすと、ゆっくりと体を壁に寄せ、穴から外を見た。

マデックは下にいた。ジープのフードの上にすわって、双眼鏡《そうがんきょう》でビュートを偵察《ていさつ》している。三五八口径銃《じゅう》は膝《ひざ》の上だ。

ベンは、水たまりのそばに腰《こし》をおろした。静まりかえった水面をじっと見つめた。

これは、ベンが持つ唯一《ゆいいつ》の武器だ。水があれば、時間がかせげる。このほかにいくらかの食べ物が手に入れば、時間が、生命が、もっとかせげる。

ベンは、パチンコを拾いあげた。それを持って、トンネルの広いほうのはずれまで行った。マデックから見られない場所を見つけ、小石や岩の破片をどかして、腰をおろした。筋肉《きんにく》がこわばり、痛くなりはじめている。かがむと、背中《せなか》と撃《う》たれた腕《うで》が、痛い。

ベンは、こんなすばらしいパチンコを見たことがなかった。にぎった感じも、手にぴったりだ。しっかりした、広いY字型の管。握《にぎ》りの部分についている金属の棒《ぼう》は、前腕《ぜんわん》の半分くらいまで伸《の》びている。この棒《ぼう》の先を腕《うで》の内側に当て、ゴムを引っぱる。力まかせに引っぱっても、指も手のひらも、安定したものだ。震《ふる》えたりゆらいだりは、まったくない。

小石を拾いあげ、ゴムのチューブについているレザーのホルダーにはさむ。引きしぼって、放つ。小石は、日光の中をかすかにうなり声を立てて飛んでいき、ビュートの壁《かべ》に当たって、空気の中にはじけとんだ。

小石を少し集めて、パチンコの〝射撃訓練《しゃげき》〟を始めた。はじめは、すぐ近くの岩壁《がんぺき》の一点をねらっていたが、簡単《かんたん》に命中するようになったので、的《まと》をしだいに遠くにしていった。最後には、これ以上はもう無理と思えるほど、遠くにしてみた。

うすらいでいく光の中で、ベンは、ひたすら〝射撃〟に熱中した。命中率が高くなってくるのがうれしかった。石を手にとり、ホルダーにはさみ、引っぱって、放ち、目標に当てる。われながら、おどろくほどのスピードと正確さだった。

このパチンコ、至近距離《しきんきょり》なら致命傷《ちめいしょう》を負わせることもできそうだった。ゴムのチューブがすごく強い。思いきり引っぱって放すと、小石は、高級の空気銃《くうきじゅう》の弾丸《だんがん》なみの速度で飛んでいく。

よし、今度はひとつ、鉛《なまり》の散弾《さんだん》を使ってみよう。重い鉛の散弾は、丸くて、石ころよりもなめらかな形をしている。空気の抵抗《ていこう》が少ない。かなりちがいがあるんじゃないだろうか。

大いにちがいがあった。

そのあと五個、鉛の散弾を使った。直線に近い線を描《えが》いて飛び、石ころよりもはるかにスピードがある。ベンは満足して、トンネルの中にもどった。水たまりから少し離《はな》れて、暗がりの中にすわる。ゴムを引っぱりさえすればいいように準備をととのえ、待った。

最初の鳥は、一羽のスパロウ・ホーク（ハイタカ）だった。いきなりバタバタと舞《ま》いこんできたのだが、ベンから一メートル半ばかりのところで、さっと宙返《ちゅうがえ》りすると、そのまま飛び去ってしまった。

ベンは、がっくりした。トンネルの下のほうのうつろな丸い空を見つめる。一羽の鳥もあらわれない。影《かげ》さえ見えない。

鳥たちは、この水たまりを使わなくなったのだろうか。ここに固まっている糞《ふん》は、どれもずっと以前のものなのだろうか。もっと近くで便利なところに、水があるのだろうか。

気がつくと、彼《かれ》らがいた。飛んでくるのも、舞いおりるのも見なかった。突然《とつぜん》そこにいたのだ。ウズラの群れが、何のためらいもなく、こちらに向かって歩いてくる。どんどん水たまりに近づいてきた。

ウズラたちは、たがいに話し合っていた。低く、やわらかい、澄《す》んだ声だ。雄《おす》の頭頂《とうちょう》の小さな曲がった羽毛が、ひょこひょこ上下している。まるで、相手の話に同意して、しきりにうなずいているようだ。

ベンは、ウズラたちが水たまりに着くまで待った。それから、一羽の雄《おす》に目をつけた。そいつは、群れから離《はな》れていた。くちばしを水につけ、それからくちばしを高く持ちあげて、水を喉《のど》に通している。ベンは、ゆっくりと引いた。ねらった。発射《はっしゃ》した。

鳥はその場にたおれた。鳥の体から、羽毛が小さく舞《ま》いあがる。弱々しく足でもがいた。小さな土ぼこりが立つ。やがて、動かなくなった。

ほかのウズラたちは、全然気がつかないようすだ。何羽かは、たおれた仲間のほうをちらりと見たものの、水を飲むのをやめはしなかった。

ベンは、もう一個の散弾《さんだん》をそっとホルダーにはさみ、引いて、放った。さっきほど見事には当たらなかった。骨《ほね》を打ったらしい。鳥は三十センチばかり後方へ吹《ふ》っとんだが、そこで死んだ。

一発も失敗しなかった。十分に水を飲んだウズラたちが、向きを変え、あいかわらずさえずりながらトンネルを出ていったとき、岩の床《ゆか》の上には、五羽の鳥の死体がころがっていた。

それを拾い集めて、トンネルの出口に持っていった。そこは、かなり明るい。鳥たちの体はまだあたたかだった。その羽をむしった。引きぬくのは大変だった。

小さな死体を岩の上に並《なら》べた。あわれなながめだった。頭だけに羽毛が残っている。明るかった羽毛が、つやを失い、すっかり色あせている。

親指の爪《つめ》で、死体を切りさいた。なるべく目をそらしている。鳥たちの血が、体液が、ベンの手をよごした。はらわたを捨《す》てるかどうか、だいぶ迷ったが、捨てることにした。朝になれば、また、ほかのウズラたちが水飲みにやってくるのだ。

ベンは、手の中の、生《なま》の、血みどろのものを見つめた。残光の中で骨が不気味に白い。目を閉《と》じて、吐《は》き気《け》をこらえながら口の中に入れた。肉を歯で食いちぎった。吐きそうになって、全然噛《か》めなかった。ただ、そのぬるぬるしたかたまりを飲みこんだ。無理やり喉を通過させた。

全部、食べた。飲みこむときのおぞましさが減ることはなかった。食べおわって、両手を見つめた。血で赤黒くなっている。口のまわりにも血がついているのがわかる。はげしくこみあげてきて、すんでに全部もどしてしまうところだった。

こんなことをつづけてはいられない、とベンは思った。

朝、鳥たちがまたやってきたら、羽をむしって太陽にさらそう。どんなに腹《はら》が減っていようと、がまんして、岩に照りつける太陽が鳥たちを料理してくれる――少なくとも、少しは料理してくれる――のを待とう。

ベンは、あれこれと考えつづけた。最初、細かいことばかり考えた。あの大きなこと、自分に迫《せま》る危険《きけん》について考えるのは、いやだった。が、考えないわけにはいかなかった。それは、暗闇《くらやみ》に似ているように思われた。ビュートの壁《かべ》を這《は》いのぼり、トンネルの中に入りこんでくる暗闇と同じようであった。

10
ハンマーの音

風の中に声が聞こえた。聞こえては消え、消えては聞こえる。ひと晩《ばん》じゅう、ベンはその声を聞いていたようだ。ささやく声、かわいたかすかな笑い声、何やら話し合う声。ときとして、とても正気とは思えないほど甲高《かんだか》くなることもある。子どものころ、ベンは、こうした風の声を聞いて、おびえた。しかし、あるとき父に言われた。――砂漠《さばく》は夜、話をしなきゃいられないのさ。昼間は、しーんと静まりかえっている。そのぶん、夜になると、こんなふうにペチャクチャやらなきゃおさまらないんだよ。

それを聞いてから、ベンは、風の声を決して怖《こわ》がらなかった。

ひと晩じゅう眠《ねむ》った。忍《しの》びよってくるかもしれないマデックから、鳥たちが守ってくれた。鳥たちは、日が沈《しず》むと、トンネルの入り口のところにやってきた。そこが、彼《かれ》らのねぐらなのだった。ベンが眠りの中で身動きするたびに、鳥たちは羽ばたき、声をあげて、ベンから離《はな》れた。

夜明けに、六羽の鳥を撃《う》った。小石を使った。散弾《さんだん》は、とっておいた。散弾のスピードと正確度を必要とするときが、いずれあるかもしれない。鳥たちの羽毛をきれいにむしった。きのうよりは手ぎわがよくなっている。いま、鳥たちは、平らな、きれいな岩の上に横たわっている。太陽が、すでに彼《かれ》らを料理しはじめている。

水たまりの水で、ベンは、手のとどくかぎりの傷口《きずぐち》を洗《あら》った。どの傷《きず》も、どんどんよくなっているのがうれしかった。パチンコも調べてみた。ゴムのチューブを念入りに点検したが、どこもちぎれかかってもいないし、すりへってもいない。

無精《ぶしょう》ひげが、もう六日目になっている。ベンは、砂漠《さばく》に長く入るときには、ひげを剃《そ》らないことにしているのだ。ひげは、太陽から顔を保護するのに役立つ。水たまりに映《うつ》るベンの顔は、ひげが濃《こ》く、厚く、異様《いよう》なサタンのような風貌《ふうぼう》だった。いかにも獰猛《どうもう》そうな人間に見えた。

ベンは、落ちついた、こころよい感覚にひたりながら、マデックの銃《じゅう》のとどかないトンネルの中にすわって、パチンコの練習を始めた。傷はただ、ベンが不注意に動いたとき痛《いた》むだけだった。腕《うで》は、少ししか痛まなかった。空腹《くうふく》ではあったけれど、鳥たちが、より食欲《しょくよく》をそそるように料理されるまで、満ち足りた気分で待っていた。

パチンコの腕が一段《いちだん》とあがってきた。十メートル離《はな》れた的《まと》に、二、三センチ以内の誤差《ごさ》で命中させることができた。五メートル先の的なら、小石ででも当てられた。

体長二十センチあまりのホイップテイル（ムチオトカゲ）があらわれた。ベンは、小石を投げて走らせ、六メートルのところで仕留《しと》めた。

トカゲに、料理中の小鳥たちの仲間入りをさせた。それから、ちょっと足をとめて、例ののぞき穴《あな》からマデックを見おろした。

マデックは、ビュートの根もと近くにキャンプをつくっていた。ジープを角礫岩《かくれきがん》のすぐそばまで持ってきて、ビュートのほうに向けてとめてある。ジープの後ろにテントを張っている。水入れ缶《ウォーター・カン》がテントの日おおいの下の日かげに、きちんと並《なら》べてある。

マデックは、ジープの向こうで何かやっている。影《かげ》が動いているのが見えた。

ベンは、ふたたび腰《こし》をおろし、パチンコを手でにぎりしめたが、そのとき、はっと気がついた。食糧《しょくりょう》と水があり、マデックから銃撃《じゅうげき》されないからといって安全だと思うのは、ばかげている。マデックは、その状態を変えてしまうだろう。

ベンは、下の砂漠にいるあの男につながれている。二人は、たがいに結び合わされているのだ。

たぶん、マデック以外の男なら、いまごろは砂漠を去っているだろう。ベンが砂漠を横断できるはずがない、と確信して。しかし、マデックはそれをしない。マデックは、砂漠にとどまって、自分の計画が、最後の細かなところまで確実に実現したかどうかを見とどけるのだ。マデックがベンを生かしたままでここを去ることは、ぜったいにないのだ。

すわって、三五八口径の最初の銃声《じゅうせい》がして以来の出来事を思い返しているうちに、ベンの頭の中にひとつのアイデアが生まれ、しだいしだいに明瞭《めいりょう》な形をとってきた。最後には、自分のできるのは、それしかないと思うようになった。

二人を結ぶ鎖《くさり》は、いま何百メートルもの長さがある。高いビュートの岩棚《いわだな》から、絶壁《ぜっぺき》をくだって角礫岩《かくれきがん》のあいだを通り、もっと平坦《へいたん》な砂地《すなじ》を越《こ》えて、あのジープまで、そしてマデックまで、つづいている。ぼくが生きるためには、この鎖をもっと短くしなければならない。鎖をたぐって短くしていって、マデックとぼくとが顔を突《つ》き合わせるまでにならなければならない。そしてそうなったとき、マデックは、ぼくと同様に無防備でなければならない。マデックのほうから近寄らせてはならない。彼《かれ》に、場所や時間、近寄る方法を選ばせてはならない。ぼくが彼のところへ行くか、でなければ、彼をぼくのところへ引き寄せるかしなければならない。

ベンは、パチンコをわきに置いて、のぞき穴《あな》のところへ行った。

マデックは、ビュートに向かって歩いていた。あの大きな銃《じゅう》を一方の肩《かた》にかけ、トウ・ロープの巻《ま》いたのをもう一方の肩にかけ、重いズックの袋《ふくろ》をぶらさげていた。この袋の中には、べンの道具類が入れてある。

やつは、ぼくのところに来ようとしている。自分で場所と時間と方法を選んで、近づいてくる。

マデックが視野《しや》から消えた。ビュートの壁《かべ》に接近したのだ。

ベンは、トンネルのはしまで行って、すがたをかくしたまま、そこで待った。

音は明瞭だったが、かすかだった。それを聞きながら、ベンは、マデックが下で何をしているかが目に見えるようだった。

あのズックの袋の中には、岩石採集用のハンマーがある。一方のはしに平たい金槌《かなづち》がついていて、他方のはしが長いスパイクになっている。これで岩をけずることができるのだ。マデックは、これを使ってビュートの根もとにステップをつくろうとしているのだ。

音がやんだ。すぐに、新しい音が聞こえてきた。明瞭な、音楽的といってもいいほどの音。金属が金属をたたいている。

岩の裂《さ》け目に、ハーケンを打ちこんでいるのだ。

一瞬《いっしゅん》、ベンは疑問《ぎもん》に思った。マデックは、何をハーケンがわりに使っているのだろうか。

それから、すぐに思いついた。あの長い鋼鉄《スチール》のペグ（杭《くい》）だ。風の強い、石の多い土地にテントを張る場合に備えて、持っているものだ。壁面《へきめん》に打ちこんだテント・ペグ。それに結びつけたロープ。壁面《へきめん》にきざんだステップ。これらにすがって、マデックはビュートをのぼりはじめている。

ベンは、トンネルを出て、広い岩棚《いわだな》に出た。マデックの位置からはたぶん見えないだろうとは思ったが、大事をとった。反対側のなめらかな岩壁《がんぺき》に沿《そ》って、体を低くして、急ぎ足で歩いた。歩きながら気がついたのだが、岩棚は上り坂になっているばかりでなく、しだいに狭《せま》くなっている。

やがて、あまり狭くなって、歩けなくなった。数メートル先で、岩棚は断崖《だんがい》の中に消えている。

断崖は、凹凸《おうとつ》のない石の壁《かべ》だった。外側に張り出している。ベンの頭上に、十五メートル以上もそびえ立ち、このビュートの頂《ちょうじょう》上を形づくっているらしい。

ベンのいる場所から六メートルほど先の上方に、もうひとつの岩棚があった。広くて、上に向かって延《の》びている。そこを通れば、ビュートの頂上まで容易にのぼっていけそうだ。

しかし、この絶壁《ぜっぺき》に取りついて、六メートル先の広い岩棚までたどりつくことなど、とうていできるものではない。そもそも何の道具も持たない裸《はだか》の男が、この断崖絶壁をのぼる方法など、ないのだ。

ベンは、この狭い岩棚と、あのトンネルの中に押《お》しこめられている。ここに投獄《とうごく》されているのだ。そして、マデックはそれを知っている。

ベンはいまや、マデックが何を計画しているかを正確に見ることができる。そうだった。マデックがいまいるあたりの約九メートル上方に、岩棚があった。岩棚までは、なめらかな、完全に切り立った壁だった。

ベンはその場所をよく調べたので、覚えている。何とかして、そこからのぼりたかった。というのは、いったんその岩棚までたどりつけば、頂上までは比較的簡単《ひかくてきかんたん》にのぼれそうに見えたからだ。道具もロープもなかったので、ベンは、その最初の、なめらかな、切り立った障碍《しょうがい》を征服《せいふく》することはできなかった。しかしマデックは、必要なものを全部持っている。

ベンは、マデックがたどりつき、歩きはじめると思われる岩棚のはしから頂上までの道のりを観察した。マデックがそのあいだのどこの地点にいようと、パチンコで撃《う》った弾《たま》はとどかない。一方、ベンのほうは、簡単にライフルに狙《ねら》い撃ちされてしまう。

しぶしぶと、ベンは認《みと》めざるをえなかった。――ぼくは、マデックがのぼってくるのをストップすることはできない。やつを妨害《ぼうがい》して、速度をにぶらせることさえできないのだ。

ベンは、六メートル上にある岩棚を見やった。しばらくそれを見つめ、それからゆっくりとふりかえって自分の歩いてきた岩棚をながめ、さらに、トンネルの深い影《かげ》の中に目をやった。

いったん、あの広い岩棚の上に出れば、マデックは立って――あるいはゆったりとすわって、足に肘《ひじ》をついて銃《じゅう》を固定して——ベンを撃《う》つことができる。

暗いトンネルは、こちらの口から向こうの口まで、見通すことができた。中に屈曲部《くっきょくぶ》はあるのだが、身をかくせるほどのものではない。

かくれる場所はないのだ。

ベンは、岩棚《いわだな》を引き返してトンネルの中にもどった。ベンが集めた小石の山のかたわらに、パチンコが置いてある。腰《こし》をおろし、パチンコを手にとって、ぼんやりとまさぐった。ハンマーの音が、体に痛《いた》いほどひびいていた。

ハンマーの音をあまり一心《いっしん》に聞いていたので、自分がもうひとつの、上方からの音をも聞いていることに、なかなか気づかなかった。うつろな、パタパタという、心をいらだたせるような音だった。ベンは、トンネルの口まで走って、上を見た。

ヘリコプターだった。空に浮《う》かぶ透明《とうめい》な金塊《きんかい》のようだった。それは、しだいに近づいていた。機体のマークは、はっきりとは見えなかったが、定時パトロール中の魚類鳥獣《ちょうじゅう》保護局所属のヘリコプターであることに、まちがいはなかった。

こんなに美しいものを見たのは、生まれて初めてだった。

11 ある決断

最初は自信がなかった。しかし、ヘリコプターが空中をするどく横すべりしたあと、ジープから三十メートルと離《はな》れていない地点に向けてやわらかく降下《こうか》してきたとき、ベンは、これを操縦《そうじゅう》しているのはデニー・オニールにまちがいない、と思った。

うれしかった。岩棚《いわだな》の上でとびはね、声をかぎりに叫《さけ》びたてた。

着地のときの砂《すな》けむりが消えると、男が一人、機内から出てきた。回転翼《かいてんよく》の下を、身をかがめて走った。鳥獣《ちょうじゅう》保護官だろう。主任保護官のレス・スタントンならいいのにと思ったが、男は制服を着ていなかった。

ベンは、とびはねるのも、叫ぶのもやめた。息を静めて、ヘリコプターの翼が停止するのを待った。が、エンジンの音はゆるやかになり、翼の回転はのろくなったのに、いっこうに停止しなかった。

そうだ、いくら待っても停止しないのだ、と気づいた。ヘリを操縦《そうじゅう》しているのがデニー・オニールだとしたら、彼《かれ》はエンジンを切らない。デニーは、一度こんなことを言った。「ベン、おまえ、エンジンが動きたがっていると思ったら、大まちがいだぞ。おまえだけに話すんだが、エンジンは動くのが大きらいなんだ。いつでも、できるだけ動かないですまそうとする。エンジンって、抜《ぬ》け目がなくて意地悪なのさ。ヘリに乗ってて、何もかもうまく行っていれば、エンジンのやつもまじめに動いてる。ところが、悪天候でトラブルが起きたり、狭《せま》い峡谷《きょうこく》なんぞに入りこんだりすると、このときとばかりサボりはじめる。人間がきらいなんだ。おまえもこれは知っといたほうがいいぞ。砂漠《さばく》でヘリに乗ってると、わかるんだ。エンジンのやつ、おれがひどい目にあうのを待っているなって。そうなったら、すぐサボろうって魂胆《こんたん》なのさ。だがね、おれはそうはさせない。おれは朝、あのへそ曲がり野郎《やろう》をスタートさせると、帰ってくるまで、動かしっぱなしにしておくんだよ」

ベンは、断崖《だんがい》のふちまで行き、両手をメガホンがわりにして、声をかぎりに叫《さけ》んだ。叫び、とびはね、腕《うで》をふりつづけた。

デニー・オニールは、ヘリから出てこなかった。出てきた男がマデックに歩みよった。マデックは、いまはジープのわきにいる。男と何か話し合っている。きっと大声で話しているのだろう。そうしなければ、エンジン音で聞こえないはずだ。

男は、レス・スタントンに似ていた。しかし、黄色いズボンをはき、その上に紫《むらさき》色のシャツをたらしている。帽子《ぼうし》をかぶっていない。

男の靴《くつ》を見て、ベンは、これはレスではないと思った。レスは、砂漠の中で、あんな浅い靴をはいたりしない。

必死に叫び、とびはねながらも、ベンは、体の中で何かが死んでいくのを感じていた。これはマデックの独壇場《どくだんじょう》だ。マデックの嘘《うそ》は、なめらかで、論理的《ろんりてき》で、実にもっともらしい。

男は、マデックと握手《あくしゅ》を交わし、ヘリコプターのほうにもどっていく。むだと知りながらも、ベンは叫びつづけた。が、ヘリコプターは離陸《りりく》し、砂《すな》けむりからぬけだして、高々と舞《ま》いあがった。

あっという間《ま》に見えなくなった。あとに、デニーの動きっぱなしのエンジンの音がベンをあざけるかのように残っていたが、それもすぐ消えた。

ベンは、のろのろとトンネルにもどった。入り口に近い、いちばん大きなのぞき穴《あな》から、下を見た。マデックが急ぎ足でビュートのほうにもどってくる。やがて、岩の張り出しのかげに入って見えなくなった。

ベンは、しばらくそこにたたずんでいた。打ちのめされていた。やがて、ハンマーの音が聞こえてきた。ああ、ヘリがもどってきてくれないだろうかと、われながら、ばかばかしいことを考えていた。

それから、ようやくトンネルから出て、力ない足取りで岩棚《いわだな》のはしまで行った。片手でしっかりと岩壁《がんぺき》をつかんで、できるだけ身を乗り出し、見おろした。

何をするにしても、マデックはきちんとやる。いまや、ロック・クライミングの最中だ。地上約四メートル半。ロープを腰《こし》に巻《ま》き、自分でつくった足がかりにブーツをしっかりとのせている。ロープは、岩の裂《さ》け目に打ちこまれたテント・ペグに固定されている。ハンマーをふるって新しい手がかりをつくっている。ハンマーが陽光の中できらめく。

こうやって岩棚までのルートをつくるには、午後いっぱいかかるだろう。岩棚まで来てしまえば、あとは散歩のようなものだ。

慎重《しんちょう》なマデックのことだ。夜、あそこにのぼってきたりはしないだろう。岩壁に手がかり足がかりをつくり、スパイクを打ちつける仕事が終わると、テントにもどって十分睡眠《すいみん》をとり、朝になってやってくるだろう。

ベンは、トンネルにもどった。トンネルの中から外を見る。入り口にふちどられて、外の景《け》色《しき》が一枚《まい》の絵のようだ。じっさいよりも生き生きとして見える。

遠くの山脈は、紫《むらさき》色で、ごつごつしていて、若々《わかわか》しい。よそで見るような、古い、すりへった、木々におおわれた山ではない。荒々《あらあら》しい、若い山なのだ。紺青《こんじょう》の空を背《せ》にして、峰々《みねみね》はするどく強くそそり立ち、精気にあふれていた。

砂漠《さばく》も、荒涼《こうりょう》とした不毛の土地ではない。生命にあふれていた。そこでは、長い年月眠《ねむ》っていた植物が、雨の最初の一滴《てき》を受けるやいなや、生命をよみがえらせ、花を開き、種子を散らし、そして死ぬ。このすべてが、二十四時間のうちに起こるのだ。

ハンマーの音がやんでいた。

ベンは屈辱《くつじょく》を感じていた。自分がずっとなじんできたこの砂漠の中で、都会からやってきたあの男に殺される。そう思うと屈辱的で、むしょうに腹立《はらだ》たしかった。

ベンは、ゆっくりと立ちあがった。トンネルの狭《せま》いほうのはしまで、くだった。心の中で、ある決断をくだしていた。

岩棚のふちに腰《こし》をおろした。足は、じょうごの形をした岩壁におろしている。体を前にかたむけて、半分に断ち切られた、なめらかなじょうごの表面を見おろした。視線《しせん》をおろしていって、じょうごの放出口も見た。これも半分に断ち切られている。急に狭くすぼまって、まっすぐに角礫岩《かくれきがん》のところまでおりている。ベンは、岩の表面のしわや、ごつごつした部分、亀裂《きれつ》などを注意深く観察した。どんな小さな特徴《とくちょう》も見逃《みのが》さなかった。

一時間後、立ちあがり、岩棚の別のはしにもどった。そこから、体をかくしたまま、砂漠を見おろした。ビュートの根もとに乱雑《らんざつ》にころがっている岩の群れ。その先の砂地《すなじ》。その向こうに、やや地面の固い平地。ここにも岩が散乱《さんらん》している。ジープはここにとまっている。

おそらく、一千万年という時間のうちで、ほんの二、三秒間の出来事だったのだろう。ビュートから、岩の厚板が欠けて落ちたのだ。地震《じしん》によってゆらいだか、烈風《れっぷう》の力で動かされたか、寒気《かんき》によって収縮《しゅうしゅく》したか、ともかく、巨大《きょだい》で強固な厚い岩の板が、剝《は》がれ落ちた。

地面に激突《げきとつ》したとき、それは、ばらばらにくだけた。小型トラックぐらいの大きさの破片《はへん》がひとつ、角礫岩《かくれきがん》の向こうまでころがっていき、砂地の中に、ぽつんと孤立《こりつ》して横たわった。

マデックは、ビュートとテントとのあいだを往復しながら、その岩のそばを通っていた。マデックの歩いた跡《あと》が、岩の近くにはっきりと見える。

ベンは、長い時間をかけて、マデックの足跡《あしあと》と巨大な岩の破片を見つめた。そのあと、ほかの場所を注意深くながめた。

ほかに足跡はなかった。ジープを出て、岩の厚板をまわって、ビュートに到着《とうちゃく》する——そのルートだけだった。

マデックの足跡は、固い地面の上ではうっすらと残っているだけだが、砂《すな》のところでは深くきざまれている。角礫岩のところではほとんど見えない。どうやら、岩の厚板の周囲には、風に吹《ふ》きよせられた砂が、一メートル半ほどの厚さにたまっているらしい。

ベンは、ふたたびトンネルの狭《せま》いほうのはしまでもどって、観察をつづけた。今度は、岩の厚板の位置を確認《かくにん》する。岩は、じょうごの口とマデックのテントとのあいだで、どんな位置を占《し》めているか。

絶好の位置にある、とベンは判断した。

太陽は、いまや沈《しず》みかけている。マデックのすがたが見えた。きょうの仕事を終えて、ジープにもどるらしい。

ベンはすわったまま、マデックを観察した。マデックの一歩一歩を見つめた。その足どりの力の入れ方まで見逃《みのが》すまいとした。

マデックは、巻《ま》いたロープを肩《かた》にのせ、ズック袋《ぶくろ》を手にさげている。二つの水筒《すいとう》は尻《しり》の上でおどっている。銃《じゅう》は片腕《かたうで》にかかえている。

マデックは、自分が前に歩いたルートをたどっていた。岩の厚板の東側を通り、ジープに向かって歩いていく。

ベンは、何羽かのウズラがトンネルの中に入ってきたのに気づいた。夕方の水を飲みに来たのだ。くちばしを水につけては、頭をあげ、ささやきを交わしている。ベンは動かなかった。パチンコはうす明かりの中でにぶい光を放ってころがっていたが、それを手にとろうとはしなかった。

鳥たちは、ふたたび外に出ていった。それから、休憩《きゅうけい》時間は終わったと言わんばかりに軍隊式にさっと集合したかと思うと、突然《とつぜん》、いっせいに飛び立った。小さな、やわらかな羽音だった。

ベンはパチンコをとりあげて、いじくりはじめた。ゴムのチューブをパチンコのＶの字の両はしとホルダーとに結びつけているのは、細長い、じょうぶなレザーの断片《だんぺん》だ。レザーの両はしには細長い穴《あな》があいていて、この穴を通すとチューブを簡単《かんたん》にとりはずすことができる。チューブの中の空洞《くうどう》は、直径一センチ弱。その空洞のまわりを、ゴムが厚い壁《かべ》のように囲んでいる。ベンは、両方のチューブにふーっと息を吹《ふ》きこんでみたあと、岩の上に置いた。

四枚《まい》の小さなレザーの断片と、弾《たま》をはさむレザーのホルダーとを刻《きざ》みタバコ入れにしまい、タバコ入れを固く閉《し》めた。それを一本のソトルの繊維《せんい》でくくった。もう一本の繊維でもって、ゴムのチューブをパチンコの本体にしばりつけ、パチンコの本体をはじめの繊維で結んだ。

やがて、最後の日光が消えた。四本の繊維をよりあわせて頑丈《がんじょう》な綱《つな》をつくり、パチンコと刻みタバコ入れとをそれで結《ゆ》わえた。その輪を首にかける。小さな荷物は胸《むね》にぶらさがった。

もう暗くなっていた。トンネルの反対のはしまで行き、まだあたたかい鳥とトカゲの死体を手にとった。水たまりのわきにすわり、何も考えないようにして無理やり食べた。全部、食べた。トカゲの肉は、歯で、固い砂《すな》のようなシャリシャリした皮からひきちぎって食べた。

食べおえると、水たまりに這《は》いつくばって飲んだ。がぶがぶと飲みつづけた。腹《はら》がいっぱいになって痛《いた》くなるまで、飲んだ。

それから、じょうごのふちにもどった。暗いトンネルの中、すっぱだかで、まるで幽霊《ゆうれい》のようだった。腰《こし》をおろし、足をだらりとさげる。

下の砂漠《さばく》にコールマン・ランタンの灯《ひ》が見える。すごく明るい。くっきりと、白い、まばたかぬ明かりだ。ときおり、歩きまわるマデックの影《かげ》が見える。

マデック、とベンはつぶやいた。おまえは疲《つか》れている。おまえは、きょう、ずいぶんがんばった。よく働き、よく嘘《うそ》をついた。今夜はぐっすりと眠《ねむ》るがいい。それに値《あたい》するだけの仕事はした。よく休むがいい。朝になったら、でっかい仕事が待っているんだから。

コールマンが日おおいの下で動いて、テントの中へ入った。テント全体が、ぼっと明るくなった。

やがて、輝《かがや》きはうすれていき、突然《とつぜん》、消えた。

ベンは、かたときも目をキャンプから離《はな》さなかった。キャンプは、コールマンが消えた直後はほとんど見えなかったが、星明かりの中、ゆっくりと、すがたをふたたびあらわしはじめた。何の動きも見られなかった。時がたつにつれて、マデックがテントの中でじっとしていることが確信となっていった。いまごろは、もう寝入《ねい》っているだろう。

よし。いまだ。

ベンは、さっと立ちあがり、トンネルの中にもどった。鳥糞《ちょうふん》の中を手さぐりして最後に残ったソトルの葉をつかむと、じょうごに向かって引き返しながら、ソトルの葉を四つの帯に引きさいた。

ふたたびじょうごのふちに腰《こし》をおろし、首にかけた荷物をはずし、裂《さ》いた葉をそれに結びつけた。

もう、時間だ。

足を先に落とし、背中《せなか》を岩につけて、ゆっくりと体をおろしていく。両肘《りょうひじ》を崖《がけ》のふちにかけ、足指は下の岩のスロープにふれている。それから、肘を離《はな》した。

12 砂《すな》の墓場

暗闇《くらやみ》の中、あお向けになって、足から先に、急勾配《きゅうこうばい》のじょうご型の岩の上を滑《すべ》りおりる。猛烈《もうれつ》なスピードだった。

昼間観察したときには、岩壁《がんぺき》のあれこれの特徴《とくちょう》は、暗闇の中でも感触《かんしょく》でわかるだろうと思った。ごつごつした場所を避《さ》けて通ることもできるだろうという気がした。しかし、両手も、かかとも、背中《せなか》も、さっぱり役に立たなかった。岩の状態など全然わからなかった。ただただ、背中の皮をこすりとられながら、滑りおりていくだけだった。

スピードも怖《こわ》かったが、体を停止できないのも不安だった。スピードをゆるめることさえできないのだ。

とりわけ不気味なのは、自分が滑りおりていく、その行く先が見られないことだ。見ることができるのは、ただ、走りすぎる反対側の岩の斜面《しゃめん》と、星のまたたく夜空だけだ。

パチンコの棒《ぼう》が、岩にふれてカチカチいった。ソトルの葉もパサパサと音を立てた。ベン自身の体も、かわいた、にぶい音を立てていた。ときおり、砂《すな》のたまったところを通りすぎた。砂粒《すなつぶ》は石炭のように熱く、皮膚《ひふ》にめりこむのだった。

足の先が、じょうごの放出口の頭の部分に当たった。両脚《りょうあし》をちぢめて膝《ひざ》で二つに折り、それから滑《すべ》りおりる。

ベンの体は、狭《せま》いじょうごの放出口の中に、すっぽりと入りこんでしまった。足の先は一方の壁《かべ》に、尻《しり》と背中《せなか》は他方の壁にくっついている。この格好でもう三メートル滑って、ようやく停止することができた。

宙《ちゅう》ぶらりんだった。両足と背中がわずかに岩にくっついているだけだ。もうちょっとで、長い、暗い、狭いじょうごの口を、ころげ落ちてしまうところだ。

曲げた膝のほうに、上体をたおす。背中が完全に岩と離《はな》れてしまわない程度に、そっとたおす。そして、両脚のあいだを見おろした。

注意深くやれば、だいじょうぶだ。

下へ着くまでにどのくらい時間がかかったか、まったく見当がつかなかった。しかし、ついにベンは、ビュートの影《かげ》の中に立《た》ちあがった。筋肉《きんにく》のこわばりは、ゆっくりとやわらぎはじめていた。呼吸《こきゅう》もおだやかになり、耐《た》えがたかった体の痛《いた》みも、ある程度おさまってきた。

月光の中で、キャンプは遠く見えた。あたりは静まりかえっていた。何も、どこにも動いていなかった。

突然《とつぜん》、ベンは疑念《ぎねん》に取りつかれた。ここに、マデックが眠《ねむ》っている場所からほんの数分の地点に立っていると、あの岩の上のトンネルにいるときとは、考え方がちがってくる。あそこでは、第一の、そして最大の問題は、下へおりることだった。それ以外のことは、あまり深く考えなかった。

いま、下に来て、テントとジープをはっきりと視野《しや》に入れながら、ベンは疑問を感じはじめた。ビュートの上で、あんなに念を入れてつくった計画だけれど、これが、はたしてベストなのだろうか。この計画は、手間と時間がかかりすぎる。危険《きけん》が多すぎる。

もっと単純《たんじゅん》で危険の少ない方法はないだろうか。たとえば、あのキャンプに忍《しの》びより、ジープのフロントガラスの下の銃《じゅう》のケースからホーネットを取り出し、テントの中に入り、マデックの顔にホーネットの銃口《じゅうこう》を押《お》しつける。こんなのは、どうだ？

しかしこれは、マデックが、ベンの近づくのをまったく気づかなかった場合の話だ。マデックのことだ。悪くすると、暗闇《くらやみ》の中で待ちかまえていて、こっちがジープに近寄りもしないうちに、あの大きな銃でドカンと一発、ということだって考えられる。

あるいは、もっといい案があるのじゃないだろうか。たとえば、あの孤立《こりつ》した岩のかげにかくれて待つ。そして朝になって、マデックがビュートに向かうとき、後ろからパチンコでもってやっつける、というのは、どうだ？

しかし、マデックがたまたま別のルートを通ったら、どうする？

あるいは、マデックなどかまわず町に向かって歩いていくというのは、どうだ？　ぼくはもう、腹《はら》の中に四十八時間分の水をたくわえている。太陽が痛《いた》めつけはじめるまでに、できるだけ遠くまで行き、かくれる。そして、日が沈《しず》んでからふたたび歩きだすのだ。

かくれる？――どこにだ？　行く？――何をはいてだ？　七十二キロを、ソトルの葉でくるんだ足で歩くのか？

だめだ、だめだ。ビュートの上でつくったプランこそが、最高のプランなのだ。時間は、たしかにかかる。しかし、確実だ。危険《きけん》だって少ないのだ。危険といえば、ただひとつ、あの三五八口径銃《じゅう》だけだ。

ビュートの根もとを移動しながら、ベンはわざと、いちばん扁平《へんぺい》で、いちばん灰《はい》色の岩を踏《ふ》んで歩いた。ときおり、しゃがんで、自分が足を置いた場所をながめる。ベンの背中《せなか》は、岩壁《がんぺき》にこすられて血まみれだった。しかし、どうやら深い傷《きず》は負っていないらしい。岩の上に血の跡《あと》は少しもついていない。歩きながら、砂漠《さばく》の空気が背中の血をかわかしていくのが感じられた。かわいた血が、かさぶたのように背中をおおい、神経の末端《まったん》をそっと引っぱるかのようだった。

ビュートの根もとを、キャンプから見られないようにしてゆっくりと動いて、マデックがのぼろうとしている絶壁《ぜっぺき》の下に来た。マデックの打ちこんだテント・ペグと足がかりが見える。

ここで向きを変えて、砂《すな》にめりこんだ例の岩の厚板を見やった。それは、ビュートとジープのほぼ中間の地点にあり、キャンプをベンの視野《しや》から完全にさえぎっていた。つまり、マデックの視野をもふさいでいるわけだ。そう思うと、何となく心が安らいだ。

背中に手をまわしてソトルの葉をとると、これをさらに細かく裂《さ》いた。裂いたものをたばねて、手に持った。

これでよし。

ベンは、歩きはじめた。マデックの通り道の上を、ジープをめざして行く。

体をかがめ、後ろ向きに歩いた。しばしば立ちどまって、ジープのほうを見、耳をすます。歩きながら、自分の足跡《あしあと》をソトルの葉で掃《は》いている。足跡を全部消してしまうわけではない。ただ、自分の裸足《はだし》の足跡が、その下にあるマデックのブーツの跡の上にくっきりと残ることのないよう、砂を散らしてぼやかしている。

ビュートから岩までの道のりは、思ったより長かった。ベンは心配になった。やるべきことが山ほどある。しかも、それを全部、マデックが眠《ねむ》っているうちにやってしまわなければならないのだ。

ようやく、岩の厚板のそばまで来た。ジープとベンとのあいだを完全にさえぎっている大きな灰色《はい》のかたまり。ベンはそこで、マデックの通り道を離《はな》れた。深い、やわらかい砂《すな》にくっきりと足跡《あしあと》がつくのもかまわず、岩の周囲をまわった。

半分ほどまわって、立ちどまった。砂の上に膝《ひざ》をついた。

いい砂だった。さらさらしていて、深い。——これなら、だいじょうぶだ。

いったんマデックの道にもどり、また、後ろ向きに歩いて引き返す。岩に沿《そ》ってつくった新しい自分の足跡を、完全に消した。ずいぶん時間がかかる。気持ちがあせった。でもこれは、やらなくてはならないことだ。ていねいに、少しの跡《あと》も残さずに消さなくてはならないのだ。

岩に沿って、マデックの通り道からいちばん遠く離れた地点まで来ると、ベンは砂を掘《ほ》りはじめた。両手をスコップのようにして、けんめいに掘った。掘り出した砂は、穴《あな》のわきにそっと盛《も》りあげておく。

しばらくして、穴の中に入ってみる。が、まだ、だめだ。浅すぎた。また掘る。やがて、十分な深さになった。

穴の中に立って、ソトルの葉で、まわりの砂の上に自分がつくったさまざまの跡を消した。かわいた葉が、あまり大きな音を立てないように気をつける。

終わると、葉の束《たば》をそっと穴の中に置いた。パチンコを首からはずした。ゴムのチューブをパチンコからはずして、パチンコと弾丸《だんがん》入りの刻《きざ》みタバコ入れは、穴の左すみに置いた。

用意はできた。が、ためらっていた。突然《とつぜん》おそってきた恐怖《きょうふ》。それがおさえられず、吐《は》き気《け》を感じた。

けんめいにこらえて、体を沈《しず》め、ゆっくりと横になった。穴の底にあお向けになる。砂漠《さばく》の砂の、墓穴《はかあな》のような形の穴の底に。

パチンコが体にふれてごつごつするので、三センチばかり離した。

それから上体を起こして、砂を自分の上にかけはじめた。足の先から始めて、脚《あし》をしだいにかくしていく。

やがてまた上体をたおし、あたたかい、かわいた砂を、腹《はら》、胸《むね》、喉《のど》とかけていく。ひげの中に砂粒《すなつぶ》がざらざらと入ってきたところで、手をとめ、パチンコからはずした二本のゴム・チューブを持った。

左手で、一本のチューブの先を、左耳に差しこんだ。チューブがしっかり耳にはまると、左手でそれを持ったまま、注意深く頭の左側に砂をかけていく。チューブのもう一方の先端《せんたん》は、砂の上に出るようにする。

それから、右手でもう一本のチューブをとり、その先端《せんたん》を口にくわえる。口でチューブを少し動かし、左手につかませる。左手は、耳に差しこんだのと、口のと、二本のチューブを持って、まっすぐに立たせている。

チューブを耳と口に入れたまま、頭を動かして、あごを胸《むね》につける。こうすれば、鼻があまりひどく砂《すな》で詰《つ》まらなくてすむ。

もう一度、空を見あげた。澄《す》んだ、高い夜空だ。月は沈《しず》み、星の光はうすらぎかけている。

ベンは、目を閉《と》じると、右手で砂を頭の上に引き寄せはじめた。まず、右の耳のまわりにかぶせる。砂は、かわいた小波《さざなみ》のようにうねりながら、顔の上、目や鼻や額《ひたい》の上をおおっていった。

二本のチューブが砂に支えられてちゃんと立っているのをたしかめると、左手を離《はな》した。左手を砂にもぐりこませ、わき腹《ばら》に沿《そ》って横たえる。

右手だけをさかんに動かして、砂を顔と頭の上にかぶせつづけた。ときどき、指で、チューブの先端をさわってみる。

チューブの先が砂の上に二センチほど出るだけになったとき、ベンは突然《とつぜん》、手をとめた。パニックを感じていた。チューブの先があまり長く突《つ》き出ていると、マデックに気づかれてしまうだろう。逆に、目立たせないために、砂をチューブの先端ぎりぎりまでかぶせたら、わずかな風で、砂がチューブの上にかかることになる。

そうなると、砂はチューブの中をおりてきて、耳に入り、ベンの外界との唯一《ゆいいつ》の接触《せっしょく》を断ってしまう。もっと運が悪いと、砂に空気をふさがれて呼吸《こきゅう》ができなくなり、砂の外に顔を出さなければならなくなるかもしれない。

パニックと戦いながら、ベンはふたたび砂を動かしはじめた。非常に注意深く、二本のチューブの先端のまわりに小さな山の形をつくっていく。こうすれば、チューブは遠くからは見えないし、わずかな風で砂が入りこむこともないだろう。

それがすむと、右手のとどくかぎり、砂の上の跡《あと》を消した。砂を動かしたことをマデックに気づかれないためだ。

その作業が終わると、右腕《うで》を伸《の》ばし、砂にもぐりこませた。やがて右腕は、砂の中で体に沿ってくっついた。

右手が砂の表面にどんな跡を残したにしても、もう、どうしようもない。どうか、あまり目立たないものであってほしい。ビュートに向かうとちゅうでマデックが目にしたとしても、気にもとめないで通りすぎるような、わずかな砂の乱《みだ》れであってほしい。

しばらくのあいだ――どのくらいの時間かは見当がつかなかったが――ベンは、いくつかの細かなことで頭がいっぱいで、恐怖《きょうふ》を感じるゆとりもなかった。

まず、口の中のチューブのこと。もうかなりの時間、それを通して息をしていたのだが、ふいに気になりはじめた。これから先、ずっと、こんな方法で呼吸《こきゅう》をつづけていけるだろうか。

しかし、じっさいには、何の努力もいらなかった。空気は、スムーズに入ってきては出ていった。呼吸は容易だった。ただ、鼻を通して呼吸しないように気をつけていさえすればよかった。

次にベンが気がかりだったのは、耳に差したチューブを通して何の音も聞こえてこないことだった。まるで、世界じゅうから音が消えてしまったかのようだった。

もし、音が聞こえないのなら、これまでの努力は水の泡《あわ》だ。ベンは、自分の墓穴《はかあな》に埋《う》められたも同然だ。音だけが、ベンの、マデックとの唯一《ゆいいつ》のつながりなのだから。

全感覚を左の耳に集中していた。どんな音、どんなにかすかな音でもいい、チューブを通して聞こえてこないだろうか。

それから、はっと気づいた。恐怖におそわれた。チューブが詰《つ》まっているんじゃないだろうか？

ベンはパニックと戦った。パニックはいまや、力を持ったひとつの物体のようだった。ベンの体の下に、とぐろを巻《ま》いていた。いまにもバネのように勢いよくとびだして、ベンを砂《すな》の中から跳《は》ねとばしそうだった。

ベンは、深く空気を吸《す》いこんで、一秒ほど息をとめた。それから、チューブの中に思いきり強く吹《ふ》きこんだ。

砂の上のチューブのはしで、音がした。するどい、はっきりした音だった。聞こえた！　よかった！　安堵《あんど》で体の緊張《きんちょう》はゆるんだ。そのとき、ベンは、砂が動くのを感じた。

今度は、この新しい危険《きけん》のことが気になった。呼吸をするごとに、自分の体の上で砂がどれだけ動いているかを感じはじめた。

ふたたびパニックにおそわれた。はげしい恐怖の波に翻弄《ほんろう》された。

これは、ぼくの墓だ。ぼくは自分の墓の中にいる。生き埋めにされている。

ベンは、パニックをおさえられなかった。呼吸が荒《あら》くなり、チューブの中ではげしくあえぎ、うめいているのが聞こえた。他人の息のようだった。何も考えられなかった。ただ、ぼくはここに埋められて、横たわっている。マデックの勝ちだ。ぼくは、マデックにたいして手も足も出ないのだ――という思いだけが、頭の中を駆《か》けめぐっていた。

恐怖はぜったいに去ろうとしなかったが、ベンは、自分に強《し》いて呼吸を浅くしていた。腹《はら》もあまり大きく波打たせないようにした。

しだいしだいに、自分の吸《す》う空気があたたかくなってきていた。太陽が出ているらしい。朝になったのだ。

マデックは、どこにいるんだ？　何をしているんだ？

もう、通りすぎたのだろうか？　もうビュートに着いて岩壁《がんぺき》をよじのぼっているのだろうか？

もし、マデックがすでにビュートまで行っているのなら、岩壁をのぼるにちがいない。そしてぼくがいないと知ったとき、マデックは何をするだろうか。まず、双眼鏡《そうがんきょう》で砂漠《さばく》を見わたすだろう。砂漠にぼくのすがたが見えなければ、今度は足跡《あしあと》を求めて、このあたりの地面をつぶさに観察するだろう……。

ベンは、砂《すな》が――墓が、自分の体の上にふたたび重くのしかかってくるのを感じた。

あ、ソトルの葉！……少しも緑のないところにぽつんと一点、緑のかたまり。それも、明らかに人間の手によって引きさかれた葉。

砂の上に横たわっているのだろうか？

ああ、ぼくは何てばかなんだ！

いや、あれは埋《う》めた。埋めたはずだ……。声が聞こえる。だれかが話をしている。

遠くで、言葉は聞きとれない。しかし、人の声だ。遠くのテレビの細い声のようだ。単調で、甲高《かんだか》く、切れ目がない……。

ジープの中のラジオだ。

声はやがて音楽に変わり、それから突然《とつぜん》、とだえた。ベンはふたたび静寂《せいじゃく》の中に残された。

もうすぐだ。もうすぐ終わる。チューブから吐《は》き出されていく自分の息の音を聞きながら、ベンは思った。

いままでよりも、おだやかに、ゆっくりと息をした。呼吸音《こきゅうおん》は、かすかなささやきに変わっている。

にぶい、不明瞭《ふめいりょう》な、金属的な音が聞こえてきた。どこからだろうか。聞いているうちに、ベンは気づいた。チューブを通してくる音は、方角が全然わからないのだ。チューブ自身が発する音のように聞こえる。

この金属音、ビュートから来ているのかもしれない。マデックがスパイクを岩に打ちこんでいる音かもしれない。――いや、ちがう。ジープから来ている音にちがいない。

ラジオが消されてから、まだわずかな時間しかたっていない。マデックがビュートに到着《とうちゃく》するはずはないのだ。

方向もわからず、目でたしかめることもできない。純粋《じゅんすい》に、聞こえてくる音だけで判断しなければならない。

ベンは疲《つか》れていた。たえまのない緊張《きんちょう》と恐怖《きょうふ》とに、エネルギーを使いはたしていた。
さあ、やってこい、マデック。頼《たの》むからこっちへ来てくれ。――ベンは、そう思った。

13 爆《ばく》発《はつ》

マデックは簡単《かんたん》にぼくを殺すことができる——と、ベンは思った。

自分の通り道の上のぼくの足跡《あしあと》に気づいたとする。あるいは、ぼくが埋《う》まっている場所の砂《すな》が、彼《かれ》の注意をひくほどに乱《みだ》れていたとする。あるいは、ひょっとして、砂の中から突《つ》き出ている二本の小さなチューブを見つけたとする。するとマデックは、ぼくの〝墓〟に歩みより、その上に乗り、指をチューブの口に当てる。それだけでいいのだ。マデックの体重と砂の重みが二重にのしかかって、両腕《りょううで》を体にはりつけて横たわっているぼくは、身動きもできやしない。完全にお手上げだ。二、三分もたたないうちに死んでしまう。

そんなの、まっぴらだ。でも、もう遅《おそ》い。もうやり直せない。いまは動けない。砂の中からとびだして、逃《に》げることはできない。ぼくは、ここで罠《わな》にかかっている。まるで、マデックがこのプランをつくったみたいじゃないか！

足音がした。その足音がどっちの方向からやってくるのか、ベンにはわからなかった。知る方法もなかった。しかし、足音は近づいてきた。最初は、かすかな、やわらかな、ささやくような音だった。しかしいまは、はっきりと聞きとることができた。マデックのブーツの固い底が砂《すな》を踏《ふ》む音だった。

音がとまった。

やつはそこに立っている。ベンは、恐怖《きょうふ》に震《ふる》えながら思った。マデックは何かを見て、足をとめたのだ。

チューブの中で、一秒ほど、かすかな不明瞭《ふめいりょう》な音がした。それから、ふたたび静寂《せいじゃく》。

マデックが、肩《かた》からライフルをはずしたのか？　それとも、道具袋《ぶくろ》とロープを地面に置いたのか？

ベンは、その音をふたたび聞いた。しかし、あまりにもかすかで、あまりにも不明瞭で、何の音なのか推測《すいそく》することさえできなかった。

それから、ひとつの動きを感じた。体のまわりの砂が、わずかに圧迫《あっぱく》されるようだった。

マデックが近づいてくる。ベンはそう思った。チューブを見つけて、やってくる。

ベンは、チューブを砂の下に引きおろそうかと思った。いや、そんなことをしたら死んでしまう。それに、そのためには手を動かさなければならない。これも、死への道だ。

まさに、絶体絶命……。

かすかな砂の圧迫感はつづいた。せわしげに、しかし一定の間隔《かんかく》をおいて、着実にやってくる。

突然《とつぜん》、何の動きも感じなくなった。

やつは、そこに立っているのか、チューブを見おろして？

何をしているのか？　なぜ、こんなに時間をかけているのだ？

ベンの疑問《ぎもん》に答えるかのように、かすかな金属音が聞こえた。明らかに遠くからの音。カチンという、小さな音。

また、聞こえた。つづいて、もう一度。

マデックが何かをたたいている。

ベンは、けんめいに耳をすました。

マデックがたたいているのは岩ではない。金属だ。

チューブを通った音は、方向もわからず、不明瞭で、何の音か、なかなかわからない。この事実を知っていれば話は別だが、そうでないかぎり、マデックはビュートの根もとにいて、スパイクを岩壁《がんぺき》に打ちこんでいるのだ。

しかし、もしこの事実を知っているとしたら、マデックは、ベンから六十センチほどのところに立って、ただ、スリング（革《かわ》負《おい》）のリングをライフルの銃身《じゅうしん》に打ちつけているのかもしれないのだ。

しかし、チューブを通る音がどんなふうに聞こえるかを、どうしてマデックが知っているのだ？　そんなはずはない。知らないに決まってる！

ベンは、両腕《りょううで》と、肩《かた》と首の筋肉《きんにく》に力をこめて、重い砂《すな》の中から頭をゆっくりと持ち上げた。少しずつ上体を起こした。

砂の上に出た頭をそっとふるって、目のまわりの砂を落とした。目を開いた。

マデックは、例の断崖《だんがい》の上のほうにいた。ビュートの頂上《ちょうじょう》につづくあの広い岩棚《いわだな》まで、あと約一メートルだ。自分のつくった足がかりの上に乗っている。腰《こし》に巻《ま》いたロープは、頭上に打ちこんだテント・ペグに固定されている。

まるで、岩にとまった、巨大《きょだい》な不格好《ぶかっこう》なハエのようだ。そりかえって、一心《いっしん》にハンマーをふるっている。

ベンは、大急ぎで墓からぬけだした。そして、砂を穴《あな》の中に押《お》しもどしはじめた。もう少しでパチンコの本体を埋《う》めてしまうところだったが、思い直して、引っぱり出した。手早く砂をならし、なるべくはっきりした足跡《あしあと》をつけないようにしながら、マデックの道にもどった。

岩の厚板のかげに入ると、ジープに向かって走った。走りながら、思った。マデックの銃《じゅう》はどこにあるだろうか。マデックはいま、銃を肩にかけていただろうか。しかし、それを見たかどうかも記憶《きおく》にはなかった。

たぶん、まだ、マデックはビュートの上に行く用意はしていない。それに、自分はぜったい安全だと思っている。だから、銃をビュートまで持っていってないはずだ。きっと、三五八口径銃は、ホーネットといっしょにジープの中にあるのだ。

いや、そんな甘《あま》いことを考えちゃ、だめだ。もっときびしい見方をしよう。

まず、あの銃をどうするか。それが最大の問題なのだ。マデックが銃を持っているかぎり、ベンはマデックを引き寄せることはできない。マデックをコントロールすることはできない。

しかし、こっちが銃をうばってしまえば……。

ジープまで四、五メートルのところで、ホーネットが見えた。ホーネットの使い古しの銃《じゅう》床《しょう》が、フロントガラスの下のスチール・ケースから突《つ》き出ていた。

とたんに、ベンは気分がよくなった。ベンは、この古い、時代遅《おく》れの銃を愛していた。ほんの子どものころからずっと使ってきた銃だった。最近の新式の銃のほうが格好もよく、速度も速いし、弾道《だんどう》もフラットで、命中度が高い。しかし、ベンはこのホーネットになじんでいた。この銃のくせなら、どんなに細かいことでも知りつくしていた。ベンにとって、こんなに使いいい銃《じゅう》はなかった。

ベンはジープの後ろにまわり、マデックから見えないように体をかがめて、ビュートのほうをうかがった。

マデックは、まだ、壁面《へきめん》に向かってハンマーをふるっていた。

あの大きな三五八口径ウィンチェスター銃は、マデックのいる崖《がけ》のつけ根にあった。岩壁《がんぺき》にもたせかけられて、銃の下側がこちらを向いている。銃床《じゅうしょう》の、よくみがきこまれた、うすい黄褐色《おうかっしょく》の木部。その上に黒く、金属製のトリガー・ガード(用心金《ようじんがね》)が光っている。

ホーネットで一発、あるいはせいぜい二発撃《う》てば、確実に、あの大きな銃を使用不能にすることができる。まず、トリガー・ガードをねらう。トリガー・ガードをぶちこわして、引き金をだめにするのだ。それがうまくいかなかったら、銃をめちゃくちゃにするのだ。クリップ(挿弾子《そうだんし》)をこわし、スコープをだめにし、アクション(発射装置《はっしゃそうち》)を破壊《はかい》する。マデックが壁《かべ》からおりてくる前に、それくらいのことはできる。

かがんだまま、ジープの側面を移動した。手を伸《の》ばしてホーネットをつかみ、ケースからゆっくりと引き出した。

後ろにもどって、そこでしゃがんだ。射撃姿勢《しゃげきしせい》をとり、ゆっくりと銃を突《つ》き出し、まずスコープをのぞいてみた。四倍率のグラスのおかげで、いきなり、マデックの銃のトリガー・ガードが目の前にとびだしてきた。

よし、やっつけてやる。弾丸《だんがん》が入っているかどうかチェックしようとして、ベンの手がひとりでにボルト（遊底《ゆうてい》）のノブに行く。

ノブは、なかった……。

ボルトは、なかった。

ベンは、それがあるべきところを見おろした。見えるのは、クリップの中のいちばん上の弾丸だ。薬莢《やっきょう》の部分はきらきらと輝《かがや》いているが、真鍮《しんちゅう》で被甲《ひこう》された弾頭《だんとう》のほうは、ずっとにぶい色だ。

ボルトがなければ、銃と弾丸は何の役にも立たない。金属の管、火薬を詰《つ》めた小さな玉っころ、拡大鏡《かくだいきょう》でしかない。

ベンは、ジープの前部に行き、グローブ・ボックスの中を手でさぐった。ヘビに嚙《か》まれたときのための救急箱、紙、マッチ箱、手袋《てぶくろ》、サングラスを入れるプラスチック・ケース。

ライフルのボルトは、そこにはなかった。

しかたなく、見られる危険《きけん》をおかしてジープに入りこみ、ときおりマデックのほうを見やりながら、車内を探《さが》した。

ボルトは、ジープの中にはなかった。

かがんで、わずかに頭をあげ、フロントガラスごしにマデックの銃《じゅう》のほうを見た。岩にもたせかけたマデックの銃に、太陽がはげしく照りつけている。

マデックが岩壁《がんぺき》をおりてくるより先に、あそこまで駆《か》けていって銃をうばうことができるだろうか？

だめだ。テント・ペグのひとつに固定したロープが、地表までとどいている。マデックはそのロープを伝って、数秒のうちにおりてこられる。ベンが息せききって駆けつけたとき、銃を手にしてそこに立っていることができる。

しばらくのあいだ、運転席にぐったりと身をもたせかけていた。こうしていれば、マデックからは見られない。ベンは泣きたかった。

しだいしだいに気がついてきた。ぼくを打ちのめしているのは、ホーネットの消えたボルトではない。いま岩壁でハンマーをふるっているあの男だ。

マデックだ。

ベンは、この数分のあいだ、自分がマデックのことを、まったく考えていなかったことに気づいた。

山で、ビュートの上で、ベンは、自分がマデックと結びつけられていると感じていた。マデックから離《はな》れることができないと思っていた。この思いが、ベンのあらゆる行動を、複雑で危《き》険《けん》なものにしたのだった。

いまや、ジープの中で、すべては単純《たんじゅん》だった。

ベンは、もはやマデックに鎖《くさり》でつながれてはいない。

ただ、町までジープを走らせて、保安官のところへ行くだけでいいのだ。
六、七時間ですべて片がつくだろう。ベンと保安官は、ここへ日没《にちぼつ》までにヘリコプターでもどってこられる。そして、マデックをつかまえればいい。
徒歩のマデックは、そのとき、疲《つか》れてさえいないだろう。

ベンは、少しだけ体を起こし、マデックのほうを見た。マデックはロープに取りついて、何かやっている。

突然《とつぜん》、ベンはほっとした。自分にたっぷり時間があることを知ったのだ。

マデックは、例の岩棚《いわだな》に到着《とうちゃく》するまでに、まだかなり時間がかかる。それに、岩棚にあがる前に、いったんおりてきて銃を取り、それからまたのぼっていかなければならない。

ジープを発進させるのは、マデックがビュートの頂上《ちょうじょう》に着き、トンネルへおりて、ベンを探《さが》しにかかろうとするときだ。

ベンは砂漠《さばく》を見わたした。どういうルートをたどればいいだろうか。少なくとも二キロは、ジープを二輪駆動《くどう》にしておける。このあたりの地面は、スタートのとき、かなりのスピードを出せるだけの固さがある。数秒のうちには、時速五十ないし六十キロで走っているだろう。いずれにせよ、マデックがジープのエンジン音に反応もできないうちに、ベンは、あの大きな銃《じゅう》の射程《しゃてい》外に出ることができるはずだ。

ベンは、もうしばらくすわっていた。この、突然《とつぜん》おとずれた、こころよい自由の感覚を、十分に味わいたかったのだ。ベンと、あの岩壁《がんぺき》の上の男とを結びつけていた鎖《くさり》は、断ち切られたのだ。

ベンは、にやりと笑った。町へ乗り入れるのに、このすがたではひどすぎる。運転席から出て、後部に這《は》っていった。ジープの中には衣類はなかった。で、テントに行った。きちんと整頓《せいとん》されたキャンプだった。料理用の火は、小石を並《なら》べた輪の中でまだ少しくすぶっていた。水と食　糧《しょくりょう》は、すべて、日光の当たらないところに置いてあった。マデックのスリーピング・バッグが、きちんと丸めてトート・バッグの中に詰《つ》めてあった。それを見て、ベンは声を立てて笑いだしそうになった。

おまえは、これがもうひと晩《ばん》必要だとは思わないんだな、マデック？

そう、たしかに必要じゃないだろう。おまえは、留置場で、本物のベッドに寝《ね》ることになるんだからな。

マデックのレザーのスーツケースは、錠《じょう》がかかっていた。重いキャンバス製のダッフル・バッグは、喉《のど》のところで細い金属の線でしめられ、これにも錠がかかっていた。

ベンの衣類も、あの老人の衣類も、どこにも見えない。きっと、ダッフル・バッグの中なのだろう。

ダッフルを開ける時間は、あとで十分にある。スーツケースとスリーピング・バッグとコールマン・ランタンをテントに残し、ダッフル・バッグと水と食糧をジープの後部に積みこんだ。

これで用意はできた。ベンは運転席にもどると、ふたたび岩壁の上のマデックを見やった。

マデックは、あの岩棚《いわだな》のすぐ下までたどりついていた。

マデックを見つめたまま、ベンはイグニッション・キーに手をふれようとした。

キーはなかった。しかしベンは、なぜかおどろかなかった。

都会から来たすれっからしのやりそうなことだ、と思った。どこからも何十キロと離《はな》れた砂《さ》漠《ばく》のどまんなかの車から、キーをぬいておくとは！

たぶんキーは、やつの、あのばかものの、ポケットの中にあるのだろう。

だいじょうぶだ。ジープのエンジンをかけるには、左側の配線をスイッチからはずして、右側のポストに直結すればいいのだ。

ベンはそうしようとして、ダッシュボードの下に手を伸《の》ばした。そして、ふたたびマデックのほうを見た。

マデックは、何もしていなかった。ただ、ロープにぶらさがって上のほうを見ていた。次の行動を考えながら、岩を観察しているようだった。

沈黙《ちんもく》が、ベンを少し不安にした。これは新品のジープだ。あの老人の遺体《いたい》を乗せようとしてジープを発進させるとき、なかなかうまく行かなかったことを、ベンは思い出した。そして、マデックはそれ以後、これをかなりの時間、乱暴《らんぼう》に乗りまわしている。

生半可《なまはんか》なやり方ではエンジンはかからない。ショートさせなければジープは動かないだろう。

マデックは、ふたたびハンマーをふるっていた。その音を聞きながら、ベンは、四つんばいになってジープのまわりを移動し、まずフードの一方の側の、つづいてもう一方の側のラッチをはずし、それから、自分の手が入る分だけフードを持ちあげた。

最初、手にふれたのは、ディストリビューターのキャップのてっぺんだった。

黒いプラスチックのキャップは、あたたかく、油でぬるぬるしていた。

それは、プラグ・ワイヤ・ハーネスの上に横たわっていた。

ローターは、なかった。ほぞ穴《あな》のあいた金属製のシャフトがむきだしになって、上に突《つ》き出ている。

ベンは、ゆっくりと手を引っこめ、フードをおろした。

呆然《ぼうぜん》としてジープの後部に這《は》っていき、そこにすわった。さまざまな思いが頭の中を駆《か》けめぐった。ロータータを探《さが》さなければならない。あのスーツケースとダッフル・バッグを切りさかなければならない。食料の缶《かん》の中をさぐり、水入れ缶《ウォーター・カン》の中を掻《か》きまわさなければならない。ジープの下にもぐらなければならない。マデックが、ロータータとホーネットのボルトの双方《そうほう》を、ジープの底にガムテープで貼《は》りつけているかもしれないから。

しかしベンは、身じろぎもせず、そこにすわっていた。どんなに探してもむだだと知っていたのだ。キーとボルトとロータータは、マデックのポケットの中か、さもなければ、ビュートの根もとに置かれた道具袋《ぶくろ》の中にあるのだ。

マデックのハンマーの音は、陽気といってもいいほどだった。静寂《せいじゃく》の中で、甲高《かんだか》く、調子よくひびいた。

二人は、ふたたび鎖《くさり》でつながれていた。ベンとマデックは、ふたたび結びつけられていた。トンネルの中でいだいていた感情が、ゆっくりともどってきた。マデックではなく、ぼくが、その鎖をたぐりよせなければならない。ぼくが、マデックを自分のほうに引き寄せなければならない。じりじりと、しだいに近づけ、ついには手を伸《の》ばして、マデックをつかまえるのだ。

ベンは、パチンコを拾いあげた。さっき砂《すな》の上に落としていたのだ。それから、二本のゴム・チューブを見つけた。これは、ジープのテールゲートの上に置いておいたのだ。

刻《きざ》みタバコ入れから四枚《まい》のレザーの断片《だんぺん》をとりだし、チューブをもとどおりパチンコに取りつけた。空《から》のホルダーをあごまで引っぱって、テストしてみる。

立ちあがって、しかしジープのかげにかくれて、自分とビュートとのあいだの砂地《すなじ》を念入りにながめた。

こっちからマデックに接近することはできない。身をかくすもののない砂地の上だ。すぐに見つかってしまう。ホーネットを使えればそれもできるだろう。マデックを銃弾《じゅうだん》でおどかして、岩壁《がんぺき》に釘《くぎ》づけにすることができるから。しかし、パチンコではそれはできない。

マデックを、こっちへ来させなければならない。

ジープの警笛《けいてき》をひとつ、ブーッと鳴らせば、それはできる——すぐにもできる。しかし、それではまずい。マデックが武器をひっさげて、それを発射《はっしゃ》する気になってやってくるのでは、具合が悪いのだ。

マデックは、こっちへ、全然無警戒《むけいかい》でやってこなくてはならない。自分は安全で、何の危険《きけん》もないのだと思いこんだまま来させなければならない。

ベンはレザーの刻みタバコ入れを開いて、十二個ほどの散弾《さんだん》を、開いたテールゲートの白い平たい表面にザラザラと出した。それから一つ一つ、ていねいに並《なら》べた。それぞれ二センチほど離《はな》しておく。それからパチンコを置き、グローブ・ボックスの中に手を入れた。

マデックに気をつけながらテントの中に入り、トート・バッグのジッパーを開けた。マデックのスリーピング・バッグを引っぱり出したとき、かすかな後悔《こうかい》のうずきを感じた。立派《りっぱ》なものだった。やわらかいナイロンと鵞鳥《がちょう》の羽毛でできている。たぶん、マデックは百ドル以上払《はら》ったのだろう。

それを広げて、テントの壁《かべ》の近くにまで押《お》しやった。トート・バッグは奥《おく》のほうの壁ぎわに放り投げた。

コールマン・ランタンを鉤《かぎ》からおろした。マデックが几帳面《きちょうめん》な男であることに、初めて喜んだ。燃料タンクのまわりには、少しのよごれもなかったのだ。

注入キャップをはずすと、スリーピング・バッグとトート・バッグとを、九十オクタン無鉛《むえん》ガソリンでもってびしょびしょにした。最後の数オンスをグラウンドシートにぶちまけた。いったん、ランタンを下に置きかけたが、思い直し、注意深くキャップをもとどおりにはめると、スリーピング・バッグの上に落とした。

完全にテントの外に出、日おおいの下に立ってから、マッチをつけ、それをスリーピング・バッグの上に投げた。

ガスが上昇《じょうしょう》し、テントが膨脹《ぼうちょう》するかに見えたその瞬間《しゅんかん》、最初の、くぐもった、しかし大きな爆発音《ばくはつおん》がした。しかし、ベンがおどろいたことに、マデックには、それが聞こえなかったらしい。

テントは耐火性《たいかせい》の布地でできている。ゆっくりと、しかし、大量のけむりを吐《は》きながら燃えた。ベンは、ジープのかげに立って、パチンコをにぎり、燃えるテントとマデックの双方《そうほう》を見つめていた。

マデックは、ふりかえろうとしなかった。けむりの柱が高くのぼっていく。が、ビュートとは逆の方向だ。炎《ほのお》がテントの布地のすそをなめている。マデックはまだ岩壁《がんぺき》に取りついて、ハンマーでたたいている。

それから、コールマン・ランタンが爆発《ばくはつ》した。その破片《はへん》が四方に飛び散った。

マデックの頭がさっとこちらを向いた。

しばらくのあいだ、そのままぶらさがっていた。こちらを見つめている。それから、岩壁を伝いおりた。地表に着くやいなや、走りはじめた。数メートル走って、突然《とつぜん》とまった。岩壁に駆《か》けもどり、ライフルをわしづかみにすると、また走りだした。

とうとう、やつはやってくる。ぼくの望みどおりの方法でやってくる。——散弾《さんだん》のひとつをパチンコのホルダーにはさみながら、ベンはそう思っていた。

14 飛ぶ散弾《さんだん》

厚板のような岩に近づくマデックを、ベンは注意深く見守った。しかしマデックは、ベンが埋《う》まっていた場所のわきを通るときも、燃えるテントから目を離《はな》さなかった。右手に銃《じゅう》をひっつかんで、一目散《いちもくさん》に走ってきた。

テントがゴーッという音とともに燃え落ち、ガイ・ロープがパチパチとはでな音を立てて焼けていた。その音を聞きながらも、ベンは、マデックを凝視《ぎょうし》しつづけていた。

マデックは憤激《ふんげき》しているようだった。目をかっと見開いて、テントを見つめていた。歯を食いしばっていた。

テントが完全にくずれ落ちたとき、マデックはやっとスピードをゆるめ、それから、急に疲《つか》れはてたように歩きはじめた。一歩一歩踏《ふ》みしめながらやってきた。ライフルは、だらりとぶらさげている。

いまだ！

ベンは思いきり、ゴムを引っぱった。右手の親指のつけ根が、あごの無精《ぶしょう》ひげにふれた。パチンコの長い棒《ぼう》は、ベンの左腕《うで》の内側にぴったりとくっつき、力強く、びくともしなかった。

V字型に張り出したパチンコの二本の棒は、ゴムの引力をしっかりと受けとめていた。棒と棒のあいだにマデックが見えた。いまは、獲物《えもの》に忍《しの》びよるかのように、少し身をかがめてやってくる。

ベンは、発射《はっしゃ》を瞬時《しゅんじ》のものにしようとした。手や指の筋肉《きんにく》を、発射の瞬間《しゅんかん》に、必要最小限、動かすだけにしたかった。

奇妙《きみょう》なことに、ベンは、いつ弾《たま》が放たれたのかを知らなかった。ゴムのはじける音も聞かなかったし、レザーのホルダーがジープのフェンダーに当たったときのパシッという音も、聞かなかった。

パチンコの棒の向こうに、マデックの右手しか見ていなかった。じっさい、マデックの指のつけ根の関節だけが、はっきりと見えた。小さな丸い突起《とっき》が一列に並《なら》び、しだいに小さくなっている。手の甲《こう》や指の表面ほどにはピンク色ではない。

突然《とつぜん》、二番目の指関節の皮膚《ひふ》がむけて、一瞬《いっしゅん》まっ白になり、それから赤くにじんだ。

ライフルがまっすぐ下に落ちた。マデックの右足にぶつかり、ころがって砂《すな》にめりこんだ。二発目の散弾《さんだん》をはさむあいだ、ちょっとマデックから目を離《はな》した。しかし、ふたたび目をやったとき、マデックは、砂の上で、奇妙な不格好《ぶかっこう》なダンスをおどっていた。左手で右手にしがみつくようにして、とびはねていた。最初は一方の足、次は他方の足。片足でとびはねながら、ゆっくりと円を描《えが》いていた。

ふいにダンスは終わり、マデックがベンを見ていた。顔が、苦痛《くつう》と怒《いか》りでゆがんでいた。ダンスのせいで、マデックは、ライフルから一メートル半ばかり離れてしまっていた。次の瞬間、マデックはライフルに向かって突進《とっしん》した。左腕を伸《の》ばして取ろうとした。ジャケットの半袖《はんそで》の下で、上腕《じょうわん》の筋肉がはちきれそうだ。

散弾は、小石とちがって、小さな固い口笛のような音を立てない。静かに飛んだ。マデックはひと声ほえると、左腕を後ろにぐっと引き、前のめりにたおれた。四つんばいになった。

ベンが三発目をはさんでいるとき、マデックは銃《じゅう》に向かって這《は》っていた。鉛《なまり》の散弾は、マデックの膝頭《ひざがしら》を撃《う》った。ズボンと皮膚を引きさき、肉を露出《ろしゅつ》させた。

マデックは動きをとめなかった。ベンはもう一度撃った。弾は、マデックの伸ばした左手の指のつけ根の関節に当たり、はしからはしまで傷《きず》つけて、走りぬけた。

マデックの血みどろの右手がライフルの銃床《じゅうしょう》にふれたとき、その右手首に散弾《さんだん》が命中した。弾《たま》は腱《けん》の中にめりこんだ。

マデックは、砂地《すなじ》の上に平たく伸《の》びたまま、右手をゆっくりと引いて胸《むね》の下に入れた。まるで、大事に保護するかのようだった。

ベンは、パチンコにふたたび弾をはさむと、立ちあがった。一瞬《いっしゅん》もマデックから目を離《はな》さずに、テールゲートの上を手でさぐって散弾を数個つかみ、口にふくんだ。

ライフルに手のとどくところに横たわったマデックは、砂《すな》の上で首を曲げ、ベンを見つめた。淡《あわ》い目の色が冷ややかだ。剃《そ》ったばかりの顔の皮膚《ひふ》が冷ややかだ。

ベンは、レザーのホルダーをあごまで引いた。マデックの片方の目に直接ねらいを定め、「動くんじゃないぞ」と言った。ベンの言葉は、口の中の弾丸《だんがん》のせいで少し不明瞭《ふめいりょう》に聞こえた。

ベンは、ねらいをつけたまま、注意深くマデックの体を迂回《うかい》して、ライフルのところに行った。

ライフルを、マデックの手のとどかないところまで足で押《お》していき、それから拾いあげた。まっすぐマデックにねらいをつけたまま、銃《じゅう》のスリング（革《かわ》負《お》い）をはずし、肩《かた》にかけると、銃を両手で持ってマデックの後ろに行った。

スリングをマデックのくるぶしにまわし、両足をきつくしばった。

ベンが後ずさりすると、マデックは体をころがしはじめた。

ベンは散弾を手のひらに吐《は》き出して、言った。「動くなと言ったはずだぞ。だから、動くんじゃない」

ベンは、ジープの中から、水入れ缶《ウォーター・カン》を棚《たな》に固定するためのキャンバス製のベルトを取ってきた。ライフルの銃口《じゅうこう》をマデックのうなじに押しつけておいて、マデックの体の下から血だらけの両手を引っぱり出し、後ろ手にしばった。

スリングとベルトでは、まだ安心できなかった。ベンは、ビュートの根もとまで行った。マデックがテント・ペグに固定していたロープは、すぐ引きおろせた。ロープと道具袋《ぶくろ》を持ってもどり、マデックの手首と足首をロープでしばった。

マデックをあお向けにころがし、しゃれたブッシュ・ジャケットの、大きなフラップつきポケットをさぐった。一方のポケットに、スーツケースとダッフル・バッグとジープのキーが、他方のポケットに、ローターとホーネットのボルト（遊底《ゆうてい》）があった。

ベンは、まずローターをジープのもとの場所にもどし、それから、ダッフル・バッグのロックをはずして、中のものを砂の上に広げた。あの老人の、しみだらけのフェルト帽《ぼう》が最初にころげ落ちた。

自分のブーツをはいた。はくときは痛《いた》かったが、はいてしまうと痛みはさほどではなかった。

衣類を身につけると、パチンコをジープの前部座席《ざせき》に放りこみ、マデックのところにもどった。マデックは、いまは砂《すな》の上に横ずわりしていた。ベンは、マデックのわきの下に手を入れて、ジープまで引きずっていった。持ちあげるようにしてジープに乗せると、シート・ベルトをしめてやった。

この間《かん》ずっと、マデックは、ただベンを見つめていた。怒《いか》りのまなざしではなかった。敗北や不安のまなざしでもなかった。それは、動かない、冷たい、油断のならない、さぐるようなまなざしであった。

ベンの思ったとおりだった。ジープはすぐにはスタートしなかった。三度、四度とクランクをまわして、ようやくエンジンがかかり、走りだした。

ベンはジープを東方に向け、あの小さな山をめざした。

初めてマデックが口を開いた。「道がちがうぞ」

「こっちなんだ」と、ベンが言った。

「どこへ行くつもりだ」

「あの老人を連れに行くんだ」

「ああ、そうか」と、マデックは言った。

ベンはジープをとめた。以前とめたのと同じ場所だった。ローターをとりだし、三五八口径ライフルからボルトをぬいて、ホーネットのボルトといっしょに自分のポケットに入れた。

ジープのフロアにあった古い防水布を持って、頁岩《けつがん》のつづく場所を通り、あの崖《がけ》へのぼった。老人は、そこにはいなかった。あたりを探《さが》してようやく見つけた。マデックは、老人の裸《はだか》の遺体《いたい》を岩の張り出しの下に押《お》しこんでいた。これなら、だれだって、レス・スタントンだって上空から見つけることはできないだろう。――いや、歩いてきたって見つけることはできない。もし死体を探すつもりで来たのでなければ、だ。

死体は、まだハゲタカにおそわれてはいなかった。しかし、すでに硬直《こうちょく》していて、包むのがむずかしかった。運ぶのは、もっとむずかしかった。吐《は》き気《け》をもよおす甘酸《あまず》っぱいにおいを発していた。ようやく運びおろし、ジープの後部に横たえて、車体に綱《つな》でしばりつけた。テールゲートが閉《し》められないので、こうしないと落ちてしまう恐《おそ》れがあった。

ベンがエンジンをスタートさせると、マデックが言った。「きみは、わたしを助けてくれないのかね」

「あんたの何を助けるんだ」と、ベンはきいた。片手をギア・シフト・レバーにかけていた。

「きみは、わたしの手と手首と脚《あし》に大変な傷《きず》を負わせた。わたしは体じゅう血だらけだ。きみは、わたしを助ける気はないのかね？」

ベンは、やっとの思いで怒《いか》りをおさえて、マデックの背中《せなか》に手を置いた。乱暴《らんぼう》に押《お》したおしたいのをこらえて、そっと押し、ロープでしばられたマデックの両手を見た。

マデックの右手は、惨憺《さんたん》たるものだった。砂《すな》と血にまみれ、指関節の骨《ほね》が奇妙《きみょう》にくっきりと、白くとびだしていた。左腕《うで》は、ただの打ち傷《きず》のように見えた。散弾《さんだん》が筋肉《きんにく》を引きさいたところが、大きく紫《むらさき》色に腫《は》れていた。これは、あまり出血してはいなかった。

マデックの体をふたたびシートにもたれさせると、ベンは手を下へ伸《の》ばして、散弾がつくった小さな穴《あな》の近くの布地をつかみ、カーキ色のズボンを引きさいた。マデックの膝《ひざ》は、ひどいものだった。血みどろで、裂《さ》けていた。

ベンは、ジープのギアを入れて、ゆっくりと傾斜《けいしゃ》をくだりはじめた。

「あんたにしてあげられることは、何もないよ」と、ベンは言った。「それに、出血しているといっても、たいした量じゃない」

砂漠《さばく》におりると、ベンは車を西に向け、ギアを操作《そうさ》してやがてサード・ギアに入れ、平均時速十六キロで走らせた。

やがて、西側の山脈に着いた。これから、もっとゆっくりした走りになる。四輪駆動《くどう》で、長い、曲がりくねった峡谷《きょうこく》をのぼったりくだったりしながら通りぬけるのだ。町に着くのは夜遅《おそ》くなるだろう。

しばらくたって、マデックが言った。「ベン、こんな状態できみと取引をしようってのも妙《みょう》な話だが、どうだね、ちょっと話し合おうじゃないか」

「何を言いたいんだい？」

「きみは、この事件のことをよく考えてみたのかね？」

「少しは考えたよ」

「わたしが言っているのは解決策《さく》のことだ。解決策は、いろいろある」

「ふーん」

「きみは、何ごとでも単純《たんじゅん》明快、率直に受けとめるんだ。だから、この小さな出来事も、まさにそのように見えるかもしれない。つまり、単純明快、何の疑問《ぎもん》の余地もないものにね」

マデックはしばらくのあいだ、口をつぐんでいた。それからふいに、「わたしはちがう」と言った。「わたしを嘘《うそ》つきと言いたければ、言いたまえ、ベン。いっこうにかまわん」

マデックの頭がベンのほうを向いた。マデックは、ベンの横顔を見つめている。「わたしは、しかし、新米《しんまい》の嘘つきじゃないよ、ベン。わたしは嘘にかけてはベテランだ。多くの修練を積んでいる。じっさいの話、わたしのことをその道の専門家《せんもんか》だと見ている人もいる。そのことはぜひ頭に入れておいてほしいな、ベン」

「もちろん、そうするよ」

「そして、わたしは生存《せいぞん》競争の勝者なのだよ、ベン。これは、きみがあまりよく知らない分野のことだ。しかし、わたしが生きているジャングルの中では、機敏《きびん》な人間でなければ生き残れない。人間は、機敏で、頭が切れて、冷たくなければいけない。必要なら、平然と嘘《うそ》をつかなければならない。きびしい、情け無用の世界なのだ……。ベン、聞いてくれ。わたしはじっさい、非常な痛《いた》みを味わっている」

ベンは、一秒ほど顔を横に向けて、マデックを見た。自分がこの男にまったく何も感じないのが不思議だった。憎《にく》しみもない。復讐心《ふくしゅうしん》も感じない。勝利感もない。まったく何の感情もわかないのだ。

「痛いのは、ぼくも同じだ」と、ベンは言った。「痛みについて、ぼくたちにできることは何もない」

「きみは、わたしの手のロープをゆるめることができるじゃないか。わたしの手はじっさいひどいものだ。だいたい、ロープなんか必要じゃないんだ。わたしには何もできやしないんだから。こんなだと、壊疽《えそ》になってしまう」

「そうかもしれない」

「卑劣《ひれつ》な、いやらしいやり口だぞ、そういうのは。実に卑劣だ。きみがそんな人間だとは思わなかったな」

「そんな人間なんだよ」

「その言葉は覚えておくぞ」マデックはそう言って、しばらくのあいだ黙《だま》っていた。

「きみは、まっすぐに保安官のところへ行くんだろうな」マデックが、また言った。

「そう」

「そして保安官に、起こったとおりのことを話すわけだ」

ベンはうなずいた。

「きみは考えたのかね、状況《じょうきょう》は、この前とちがって、ちょっとばかり複雑になっているってことを？」

「そんなことはない。単純《たんじゅん》明快な話さ」

「いや、そうじゃない。複雑になっている。ベン、きみも知ってのとおり、この前は、わたしの手や足は血だらけ傷《きず》だらけじゃなかった。ところがいま、わたしは、むごたらしく撃《う》たれてずたずただ。正当防衛でやむをえずつけたような、単純な傷じゃない。意図的《いとてき》な、悪意に満ちた襲撃《しゅうげき》によるものだってことは、一目瞭然《いちもくりょうぜん》だ。残酷《ざんこく》きわまるものだ。きみがあの老人をやっつけたのと、まさに同じやりくちだ。ただ、あの老人とちがって、わたしが殺されていないというだけだ。どうだね、ベン。事情はこんなに変化したのだ」

「たしかに、そうだね」

「だから、二人で話し合おうと言っているんだよ、ベン。もう話したかもしれないが、わたしは金持ちなんだ。そして、わたしは愚《おろ》か者ではない。たしかに、わたしを保安官のところに連れていき、かくかくしかじかと訴《うった》え出れば、きみはわたしを、いささかのトラブルに引きこむことができるかもしれない。そう、できるかもしれない。だが、じっさいはそうはいかない。もしきみが、あくまで自分の方法に固執《こしつ》するなら、わたしのほうが、きみをきわめて深刻《しんこく》なトラブルに引きこめるのだ。わたしには、確実にそれができる。だから、そこに神さまみたいにすわって、これで万事ＯＫと、いい気持ちになってちゃいけないんだよ。きみにとって、もっとずっといい方法がある。ここで車をとめて、とっくりと話し合おうじゃないか」

「あんたは、ぼくに、もう一度靴《くつ》と服をぬいで、水を持たずに、砂漠《さばく》を歩いていけっていうのかい？」と、ベンはきいた。

マデックは、けらけらと笑った。「もう一度だなんて……。そんなことは一度もなかったんだよ、ベン」マデックは明るい声で言った。「そんなことは全部、きみの見た夢さ。だれも信じやしない夢さ。ほんとうに起こったことを知りたいかね、ベン？」

「あんたの作り話なんか聞きたくないよ」と、ベンは言った。「だから、もう黙《だま》ってくれ。こっちは運転中なんだから」

マデックは、しばらくのあいだ黙って、ただ砂漠の景色《けしき》を見つめていた。やがて、また口を開いた。「ベン、聞いてくれ。一万ドル出す。だから、ここで車をとめて、その老人を埋《う》めて、今後この件についてはいっさい黙っていてほしい。きみが約束を守ってくれると信じて、即刻《そっこく》一万ドル支払《しはら》う。いま、ここで、その額の小切手を書こう。そして、きみに付きそって銀行に行き、きみがそれを手に入れるのを見とどけよう。――現金で手に入れるのをね」

「小切手を書くって……何に書くんだい？」と、ベンはきいた。

マデックは首をくるりとまわして、ジープの後部をのぞいた。憤然《ふんぜん》とした声で言った。「わたしのスーツケースはどこだね？」

「ないよ」

「ない？　どういうことだ」

「テントの中にあったんだ。あんたが置いたところさ」

マデックは、シートの中でぐったりとなった。「まぬけな田舎者《いなかもの》め！」とののしったが、すぐに体を起こして、「失敬《しっけい》した、ベン。痛《いた》みがひどくてたまらんもので、つい、かっとなった。本気で言ったわけじゃない」

「わかってるよ」

「じゃ、これもわかってくれ。わたしは、きみといっしょにこの国のどこの銀行にでも行って、十分以内に一万ドルを——現金で——手にすることができるんだ。だから……」
「うるさいったら、もう」ベンは言った。「そこに黙《だま》ってすわって、頭の中で金勘定《かねかんじょう》でもしていてほしいな」

15

救急治療《ちりょう》室

ジープを保安官事務所の前にとめるとき、どんなに幸せな気分になるだろう。そのとき初めて、この事件は終わる。そのとき初めて、ぼくはまともな人々の世界にもどれるのだ。——この七時間ほどのあいだ、ベンはそのことばかり考えていた。

保安官事務所は、パロベルデの木々に囲まれた、小さな木造の建物である。裏《うら》に付属の建物があって、留置場とガレージに使われている。通りからジープを乗り入れると、その付属の建物の前に、事務所のステーション・ワゴンが三台駐車《ちゅうしゃ》してあるのが見えた。

ジープにブレーキをかけ停車させたとき、ベンは、何の幸福感も感じなかった。それどころか、すさまじい疲労感《ひろうかん》が一気におそいかかり、打ちのめされたような気分だった。やっとの思いで手を伸《の》ばして、イグニッションを切る。

車をおりると、少しよろめいた。ジープに手をついてバランスをとった。体じゅうが痛《いた》く、少し吐き気《はけ》がした。冷たい唾液《だえき》が歯のあたりを走った。

「おまえ、頭がどうかしてるぞ！」マデックが、喉《のど》の詰《つ》まったような怒声《どせい》を発した。「わたしは病院に行かなければならんのだ。医者に診《み》てもらわなきゃならんのだ！　さあ、乗れ！」

マデックは無視《むし》して、ベンは、暗い駐車場《ちゅうしゃじょう》を横切って、ぎこちなく歩いた。体が思うように動かない。

事務所の屋根の上にあるエアコン装置《そうち》が、ガタガタいっている。なぜ、ちゃんと固定させないのだろう。あれのせいで建物全体がゆれているじゃないか。ベンはそんなことを思った。

保安官の執務室《しつむ》は大きな部屋だった。右側に、いくつかのクローゼットとトイレの入り口。ドアの近くに、長い木のベンチ。片方の壁《かべ》ぎわに、デスクが三つと殺風景《さっぷうけい》な無線機。空気が非常に冷たく、かわいて感じられた。タバコのけむりが重く、よどんでいた。

ベンは、主任保安官のハミルトンがいるだろうと思っていた。しかし、部屋にいたのは、若《わか》い保安官助手のストリックだけだった。ストリックはデスクに向かって、何かの書類を書いていた。

ストリックは、ハイスクールでベンと同じクラスだった。フル・ネームはユージン・ストリックだが、だれもストリックとしか呼《よ》んだことがない。ハンサムだが、無神経なところのある若者《わかもの》だった。ベンが覚えているかぎりの昔から、保安官になるのが夢だった。そのことが、何とはなしに、ストリックをクラスのほかの生徒から浮《う》きあがらせていた。ベンをふくめて、だれも、ほんとうにストリックのことをよく知っている者はいなかった。

ストリックの後ろの壁に、大きな電気時計があった。まだ九時を少しまわったばかりだ。ベンは、ずいぶん速くジープを走らせたことになる。

ドアを閉《し》めると、ストリックが顔をあげ、それから目を見張った。「おどろいたなあ、ベン。いったいどうしたんだい？」

ベンは、ハミルトンがここにいると思って来たのだ。ハムは古い友だちだ。狩猟《しゅりょう》や釣《つ》りの仲間で、ストリックにくらべて、ずっと心のあたたかい、物わかりのいい男だ。

「傷《きず》だらけじゃないか、どうしたんだ？」ストリックは立ちあがり、近寄ってベンを見つめた。

「いろいろあってね」と、ベンは言った。「ハムは、いるかい？」

「いや、彼《かれ》は帰宅《きたく》した。いいか、きみはまず医者に診てもらわなくちゃ。事故報告書の記入はそのあとだ。ひどい状態だぞ、きみは」

「外のジープに死人を乗せている」ベンは言った。「その人を殺したやつも乗せているんだ」

「何だって？」

「いろいろあったのさ。ともかく、その男も医者に診せなきゃならない。ぼく以上にひどい状態なんだ。だから、診療《しんりょう》センターに電話して、いまから行ってもだいじょうぶかどうか、きいてほしいんだ」

ストリックは、ガン・ベルトを取りにデスクにもどりながら言った。「だいじょうぶだよ。医者は、まだいる。おれはいま会ってきたばかりだ」

ストリックは、ベルトのバックルをしめた。「死人を乗せていると言ったな。だれだい、それは？」

「知らない。砂漠《さばく》にいた老人さ。事故だったんだ」

ストリックは、ベルトを調整した。ピストルの握《にぎ》りを手でさわっている。「ちょっと見せてくれ、ベン。話し合うのはそれからだ。いろいろ規則があるのでね。われわれとしては、この種の事柄《ことがら》にはすごく慎重《しんちょう》でないといかんのだ」

ストリックは、つば広帽子《ぼうし》をかぶった。ベンは、ストリックについて戸外に出た。暗闇《くらやみ》の中を、二人並《なら》んでジープのほうに歩いた。

「これは、だれだね？」ストリックがたずねた。ベルトのレザー・ケースから懐中《かいちゅう》電灯をぬきだし、点灯して、マデックを照らした。それから後ずさりした。

「ああ」ストリックは言った。「あなたでしたか、マデックさん。どうなさいました？」

「わたしは撃《う》たれている。医者が必要だ」マデックは言った。

「そうですか。車からおりて、中へお入りになりませんか？」

「どうしてそんなことができるのかね？」マデックは冷たく言った。「わたしの手と足は、ロープでしばられているんだ」

「何ですって？」そう言って、ストリックはベンに向き直り、「どうなってるんだ、ベン？」

「話せば長いことだ。彼《かれ》はまず、医者に診《み》せなければ」

ストリックは懐中電灯をあげて、ベンの顔を照らした。「死人はどこだ？」

ベンは、ジープの後部にまわって防水布をめくった。

ストリックは、老人の顔を照らし出した。「ふーむ。だれだかわからんのだな？」

「わからない。ただ、老人で、山師《やまし》ということしかわからない」

「きみは中にもどったほうがいい」ストリックは言った。

「いいか、ストリック、ぼくは傷《きず》を受けている。マデックもそうだ。ここにこの老人を残して、診療《しんりょう》センターに行こう」

ストリックは、ためらった。それからマデックのところにもどった。「あなたは、どこに傷を受けておられるのですか、マデックさん？」

「ベンはわたしを殺すところだったんだ」マデックは弱々しい声で言った。「やつは、わたしの手と足を痛《いた》めつけ、まさに、わたしをずたずたにした」

「何だって、きみはこの人をしばったりしたんだ、ベン？」ストリックがたずねた。不快そうな声だった。

「危険《きけん》な人間だからさ」

「何をくだらんこと、言ってるんだ」ストリックは言った。「ロープをほどけ。この人を診療《しんりょう》センターに連れていかなきゃならない。おれは車を持ってくる」

ストリックがガレージに向かって立ち去ると、ベンは、身を乗り出してマデックを前へ押《お》し、ロープに手をふれた。

「これが、きみの最後のチャンスだぞ、ベン」マデックは早口でささやいた。「一万ドルだ。これを取れ。そうすれば、きみのトラブルは終わる。もし断わったら、わたしはきみを、今後十年間、牢屋《ろうや》で過ごさなきゃならない羽目《はめ》に追いこんでやる。わたしにはそれができるんだ。ベン、ほんとだぞ。わたしにはできるんだ」

「そう、あんたにはできるだろうね」ベンはそう言いながら、相手のかかとのロープをほどいてやった。

「断わるんだな」

「もちろんだ」

「よし、わかった」マデックは言った。ステーション・ワゴンがやってくるのが見えた。「砂《さ》漠《ばく》でわたしの手強《てごわ》さを知ったつもりでいたら、大まちがいだぞ。あんなのは序《じょ》の口《くち》なんだ」

ストリックが近寄って、マデックにやさしく手を貸して、ワゴンの後部座席《ざせき》に乗せてやった。

「そこに横になっていてください。ほんの二、三ブロック先ですから」

「や、どうもありがとう」

ストリックは運転席に乗り、ベンに言った。「きみはジープに乗ってこいよ、ベン。裏口《うらぐち》へまわしてくれよな。死体を運びこまなきゃならないから」


ベンは、白いワゴンのあとについて、できたての診療センターに着いた。この町でちょっとでも病院らしいものといえば、このセンターしかない。

ステーション・ワゴンは救急用入り口のライトの下にとまり、ベンは、ジープを裏口へ進めた。停車して、ドアに歩みよった。ドアはロックされていた。ベルを鳴らし、壁《かべ》にもたれて待った。やがてドアが開き、十九歳《さい》ばかりの若者《わかもの》が顔をのぞかせた。名前をスーチェクという。

「ここは玄関《げんかん》じゃないぜ、ベン」と、スーチェクが言った。

「ジープに死人を乗せているんだ」

「それもお門《かど》ちがいだな。ここは、死人を受けとるところじゃない。死人を運び出すところなんだ」

スーチェクはドアを閉《し》めようとした。しかしベンは、ドアに手をかけて閉めさせなかった。

「ストリックが言ったんだ。ここへ運びこむようにって」

「ストリックのやつ、いったい自分を何さまだと思ってるんだ！　は、わかりました、ストリック殿《どの》、何ごとであれ御意《ぎょい》のままに、はい。——わかったよ。ま、入んなよ。この人、いったいどうしたんだい？」

「撃《う》たれたのさ」

スーチェクは、大きなキャンバス製の洗濯《せんたく》かごを手押《てお》し台車に乗せて、もどってきた。二人して、老人を防水布にくるんだまま、かごの中におろした。建物の中に運び入れた。

防水布が剝《は》がれていた。灰《はい》色でしわくちゃな老人の顔がむきだしになって、ライトを浴びている。口と目は開いていた。

スーチェクは、うすよごれたシーツをかごの上にかけ、ベンにきいた。「きみの傷《きず》はどういうわけなんだ？」

「すべったのさ」ベンは言った。「マイヤーズ先生はいるのかい？」

「いや、彼《かれ》はフェニックスに行ってる」

「だれもここにはいないのか？」

「〈天才少年〉がいるよ」

ベンは不安になった。ベンは、砂漠《さばく》を越《こ》えてくるあいだじゅう、マイヤーズ先生がここにいて、特有のあのやり方ですべてを取りしきってくれることを期待していたのだ。マイヤーズ先生は、経験ゆたかな医師だ。生、死、病気、事故――すべてを見てきた。どんなことがあっても動揺《どうよう》しないのだ。

〈天才少年〉というのは、新しくやってきた医師に町の人々がつけたあだ名だ。彼は、なんでも、カリフォルニア大学の医学部を開校以来最年少で卒業し、しかも、開校以来最優秀《さいゆうしゅう》の成績をおさめたのだという。なぜ、そんな天才医師が、砂漠のきわにくっついた、この干《ひ》からびた田舎町《いなかまち》にやってきて働く気になったのか――それが、町民だれものいだいた疑問《ぎもん》だった。どこか、彼におかしなところがあるにちがいない。町の人々は、そういうことにした。そして、多くの物語が、多くの推測《すいそく》が、多くのうわさが生まれた。

ソーンダーズという名前だった。やせた、暗い、いつも思いつめたような顔つきをした男だった。だれにも、何も話しかけることがない。ただ、病気の人、けがをした人と言葉を交わすだけだ。

ベンは、ソーンダーズに一度会っただけだった。伯父《おじ》がジープのトランスミッションの中で指を骨折《こっせつ》したときのことだ。その医師には、どんな感情も持っていなかった。少し冷たく、たぶん少し横柄《おうへい》な男だと思う。しかし、医師としての腕《うで》はたしかそうだった。

ベンは、スーチェクのあとについて廊下《ろうか》を通り、救急治療室《ちりょう》に到着《とうちゃく》し、中に入った。ソーンダーズ医師がいた。血のよごれのついた緑のスモックを着ていた。それに、看護師《かんごし》が一人。テーブルの上にマデックがのっていた。

強烈《きょうれつ》なライトに照らされて、マデックは惨憺《さんたん》たる状態だった。膝《ひざ》から下は、血と泥《どろ》にまみれていた。両手両腕《りょううで》も血だらけだ。

ベンは医師に歩みよろうとした。しかしストリックが、ベンの胸《むね》に手を置いて、ドアのほうに押《お》しもどした。「きみは外にいろ」と、命令口調で言った。「きみもだ、スーチェク」

部屋の外側で、ベンは洗濯《せんたく》かごをわきへ押しやり、ベンチに腰《こし》をおろした。両足を伸《の》ばす。かかとがフロアを滑《すべ》る。

スーチェクは、かごをころがしてクローゼットの中に入れると、大きな床《ゆか》みがき器を持って出てきた。コードをほどきながら、言った。「何だって彼《かれ》を撃《う》ったんだい、ベン？」

「ぼくは撃ってないよ」ベンは言った。

「じゃ、だれが撃ったんだ？」

ベンは、親指を救急室に向かって動かした。「彼さ」

スーチェクは、ベンをまじまじと見た。「彼が自分で撃ったのか？」

「ああ、彼か」ベンは言った。「いや、彼ならぼくが撃ったんだ」

「何のために？」

「彼がぼくを撃つのを防ぐためにさ」

「なんてこった！　おまえたち、何をやってたんだ。金鉱か何かを見つけて、それをめぐって殺し合いでもしたのか？」

「ま、そんなところだな」ベンは言った。まぶたがひとりでに閉《と》じてくる。これほどまでに疲《つか》れ、精も根も尽《つ》きはてたのは、生まれて初めてだ。

「足をどかしてくれないか。そこをみがきたいから」と、スーチェクが言った。

目を閉じたまま、ベンは両足を引いた。引いた両足をそのままゆっくりと持ちあげ、ベンチの上におろす。

床《ゆか》みがき器は、耳ざわりな、泣き叫《さけ》ぶような音を立てている。

どうやら眠《ねむ》ってしまったらしい。はっと気づくとドアが開いて、ソーンダーズ医師が、マデックの横たわるローリング・ベッドを押して出てきた。ベンの前の廊《ろう》下《か》を通りすぎる。あとからストリックが出てきた。ベンにあごをしゃくり、「きみの番だ」と言うと、ソーンダーズとマデックについて、ホールの向こう側の部屋に入った。

ベンは、看護師のエマ・ウィリアムズを、子どものときから知っていた。部屋に入ると、「やあ、エマ」と声をかけた。

エマはそっぽを向いて、新しいシーツを、高い、狭《せま》いテーブルの上に敷《し》いていたが、それが終わるとふりむいて、ベンを見つめた。「人間なんてわからないものね」ぶつけるようにそう言って、また、せわしげに仕事を始めた。

エマは疲《つか》れているにちがいない、ぼくと同じに。ベンはそう思いながら、小さなスツールに腰《こし》をおろそうとした。

「そこにすわらないで」エマが、じゃけんな声で言った。

いったいどういうことなんだ、とベンは思った。

医師が入ってきた。ベンをちらりと見て、言った。「衣類をぬいで。ショーツだけになって」それからガラス・ドアのついたキャビネットの前に行き、中から器具をとりだしはじめた。

「ぼくはショーツなんか、はいていません」ベンは言った。

医師は、ベンをちらりと見た。冷たく、不快そうなまなざしだった。が、何も言わなかった。エマは、生きたヘビでも差し出すみたいな手つきで、ベンにバス・タオルを手わたした。

靴《くつ》とソックスをぬぐ。痛《いた》かった。むきだしになった足からフロアの上に出血しはじめた。バス・タオルを腰のまわりに巻《ま》いてズボンをぬいだ。それから、シャツをぬぎにかかった。

シャツの布地は、皮膚《ひふ》になったかのようだった。引っぱると、自分の皮膚を剝《は》がすような感じだった。頭がくらくらした。手をとめて、テーブルのはしをつかんで、たおれるのを防がねばならなかった。

医師が近寄り、勢いよく剝ぎとった。はげしい痛み。だが、一瞬《いっしゅん》のものだった。

「うーん」医師はうなった。「よし、テーブルの上に乗って、うつぶせになって」

ひやりとした真新しいシーツと固いテーブルが、気持ちよかった。医師の手が体のあちこちにさわった。痛かった。しかし一方で、冷えびえとして、やわらかく、力強く、一種の快感があった。

医師はエマに、てきぱきした口調で言った。「きみ、まず、ぼくの言うことを書きとめてくれたまえ」

「あの保安官たちにわかるような言葉でおっしゃったほうがいいですわ。さもないと、また全部やり直さなきゃなりませんからね」エマが愛想《あいそ》のない声で言った。

「わかっている」医師が言った。どこか冷たさのある声だった。「背中《せなか》、肩《かた》、臀部《でんぶ》、両脚《りょうあし》、これらの全域《ぜんいき》にわたって擦過傷《さっかしょう》。同じ部位に小さな裂傷《れっしょう》が無数にある。同じ状態が、両膝《りょうひざ》、両手、両腕《りょううで》、そして、足の先端部《せんたんぶ》に認《みと》められ……」

「早すぎます！」と、エマが言った。「……両腕、そして足の……何ですって？」

「足の先端部」医師は、ゆるやかな口調になった。「両足とも、切り傷《きず》、擦過傷、打撲傷《だぼくしょう》を負って腫《は》れている。しかし化膿《かのう》してはいない。左頰《ほお》の目の下に長さ五センチの切り傷。全身、かなり日焼けしているが、火ぶくれは無視《むし》しうる程度」

それから、ベンの肩《かた》を指先でパチンとはじいて言った。「逆になって」

あお向けになって、ベンは医師を見つめた。医師は、ベンの体を調べて、傷《きず》の状態をエマに伝えていく。

恐《おそ》ろしく冷静で、恐ろしくそっけない。ベンは居たたまれない思いだった。この医者、ぼくのことを虫ケラくらいにしか思っていないんじゃないだろうか、という気がした。

突然《とつぜん》、医師は何かに興味を持ったようだった。ベンの腕《うで》を持ちあげ、マデックに撃《う》たれたところを、しげしげと見つめた。

「おや、これは何だろう？」と言って、ベンの腕を上に曲げた。指でぎゅっとしめつけた。

「痛《いた》むかい？」

「ええ、痛みます」ベンは言った。「でも、それほどじゃない」

医師は、ベンの腕をゆるくふった。前後に動かし、ねじり、骨《ほね》や腱《けん》を指でふれている。ようやくベンの腕をテーブルの上におろすと、「幸運だった」とひとこと言い、エマに向かって、

「銃弾《じゅうだん》による傷だ。左腕。肘《ひじ》の下七センチ。射入口《しゃにゅうこう》も射出口《しゃしゅつこう》もきれいな傷だ。ダメージは少ない。骨にはふれていない」

それから医師は、紫《むらさき》色をした二つの傷口《きずぐち》をふいて、その上に絆創膏《ばんそうこう》をはった。

エマは、医師の言葉を書きおえると、「先生、この人の身柄《みがら》の取りあつかいを報告書に書か

ないといけませんけど……」

「これらの外傷《がいしょう》をのぞけば、患者《かんじゃ》はいちおう良好な健康状態にある。したがって、退院して、保安官の拘留《こうりゅう》に耐《た》えうると判断される」と、医師が言った。

ベンは医師を見あげた。この男、なぜ、何につけてもこんなに冷たい態度をとるのだろうか。医師は、思いやりのかけらもない顔つきで言った。「少し痛むよ」

たしかに、ひどく痛んだ。足の傷を縫《ぬ》い合わせていく医師を見つめながら、ベンは、その荒《あら》っぽさにおどろいていた。曲がった針《はり》をベンの肉に押《お》しこんでは縫っていく。まるで、裂《さ》けた防水布を縫い合わせているかのようだ。

医師は包帯を当てておわり、部屋から出ていったが、そのとき、エマにこう言った。「何かあったら、ぼくは検査室にいる。きみはマデック氏を見てくれないか」

エマが部屋を横切って歩きだしたとき、ベンは言った。「これで、全部すんだのかい？」

「さあ、どうかしら？」エマはそう言って、出ていった。

包帯された足で立ち、シャツを着ていると、ストリックが入ってきた。何かに腹《はら》を立てているようすだった。壁《かべ》にもたれて、ベンの身じたくが終わるのを待っている。

包帯をされたので、ブーツをはくことができなかった。ブーツを手に持った。気分が悪く、体力もなく、極度の疲労感《ひろうかん》におそわれていた。

「きみ、ぼくがこれから何をするつもりか、わかるかい、ストリック？」ベンは言った。「うちに帰ってベッドに入って、一週間眠《ねむ》るんだ。一週間だよ」

「まず、事務所に行こうぜ。おれは、きみから、この件について供述《きょうじゅつ》を得なければならないんだ」

「明日だ」ベンは言った。「ぼくは、ほんとにくたくたなんだ」

「今夜のほうがいい」ストリックは言った。「きみの記憶《きおく》が鮮明《せんめい》なうちがいいんだ」

ベンは微笑《びしょう》した。くちびるは、何年ものあいだ微笑したことがないかのようだった。固くて、痛《いた》んだ。「今度のことについては、五十年たったって、ぼくの記憶は鮮明だよ」

しかしストリックは、手ぶりで、来るように言った。そして廊下《ろうか》を、先に立って玄関《げんかん》のドアのほうへ歩いていった。

「ぼくのジープはどうするんだ？」ベンはきいた。

「あれは証拠《しょうこ》物件として押収《おうしゅう》されている」

ステーション・ワゴンの中で、ベンは言った。「マデックはどうだい？」

「何が気になるんだい？」ストリックは不快そうにたずねた。

「なんだってそんなにプリプリしているんだ、ストリック？」ベンがきいた。

ストリックはベンをちらりと見て、ハンドルを切り、保安官事務所に乗り入れた。「おれは、なるべく腹《はら》を立てないように努力はしているんだ。だがな、ときおり、人間が同じ人間にたいしてやる仕打ちに、かっとなることだってあるのさ」と、ストリックは言った。

執務室《しつむ》に入ると、ストリックは自分のデスクに着席した。手ぶりで、ベンに、自分の前の椅《い》子《す》にかけるように知らせる。一枚《まい》のカードをとりあげて、朗読《ろうどく》しはじめた。口早で、抑揚《よくよう》のない読み方だ。どうやら、ベンの権利《けんり》についてのことらしい。あなたは弁護士を依頼《いらい》することができる。あなたは、自分が欲《ほっ》しないならば、何ごとに関しても告白する必要はない……。

ストリックはカードを置くと、言った。「きみは、おれがいま読みあげたことの中身を理解できたかね？」

「理解できるから、ぼくはいま、ここにいるんだ」ベンは言った。「事故があった。そしてぼくは、それをとどけ出ている。ぼくは自分の権利についてあれこれ聞かされる必要はない。弁護士も必要ない」

「ちょっと待った！」ストリックは言った。「きみ、話をしちゃまずいんだよ。その前に、ここにある権利放棄《ほうき》証明書にサインしてくれなくちゃ。そこにサインすればいいんだ」

デスクの上の一通の書類を押《お》してよこした。

「どういうことなんだ？」

「これには、こういう趣旨《しゅし》のことが書いてある。きみは、おれがきみの権利《けんり》について読むのを聞いた。そしてきみは、おれが読んだことを理解し、それらの権利をみずから放棄《ほうき》するつもりである、と」

ベンは書類にサインをした。ストリックはそれを受けとり、引き出しに入れた。それから、椅子《いす》の中でそっくり返り、両手を頭の上で組んで、静かに言った。「なぜきみは、彼《かれ》をあんなに何度も撃《う》ったのかね、ベン」

ベンは、マデックをふたたび見ることができた。あの大きな銃《じゅう》を片手に持ってふりながら近づいてくるマデック。砂《すな》の上にたおれ、なおも、あの銃に向かって腕《うで》を伸《の》ばしているマデック。

「彼がぼくを撃たないようにするためさ」ベンは言った。

「じゃ、あれは事故ではありえないいんじゃないか?」

一瞬《いっしゅん》、ベンは混乱《こんらん》した。「ちょっと待ってくれ、ストリック。だれのことを話してるんだ?」

「あの老人のことさ」

「ぼくはマデックのことを話しているんだよ」

声の調子も体の位置も変えないまま、ストリックは言った。「おれが知りたいのは、ただ、何が起こったかということなんだよ、ベン。きみとあの老人とのあいだにあったいざこざは、何だったんだね？」

　ベンの顔の半分は、麻酔剤《ますいざい》のせいで無感覚になっていた。唾液《だえき》が口の左側からひとりでに流れ出しているようだったが、それをとめられなかった。突然《とつぜん》、今度のことについて考えるのが困難《こんなん》になった。すごく遠い昔のことのように思われた。

「いざこざだって？」ベンは言った。「ぼくはその老人と会ったこともないんだぜ」

「わかった、じゃ、マデックさんのことにもどろう。きみは彼を何回撃ったんだい？」

　ベンは思い出そうとした。「わからないな、ストリック。銃を落とさせるために一回、そしてあと数回、彼が銃を手に取ろうとしたときに撃った。三回かな、四回かな？」

「だが、きみは一回以上撃った。それでまちがいないね？」

「そうだ。いいか、ストリック。ぼくは、ほんとう言ってへとへとだ。明日まで待ってくれよ。明日、全体のことを、すっかりおさらいしようじゃないか」

「いやいや、いま、ここでやってしまうほうが、ずっといいよ」

「ぼくはいま、物事をまともに考えることもできないんだ」ベンは言った。「明日だ」椅子から体を持ちあげた。「都合のいい時間に電話をくれ。すっかり話してあげるよ」

　ベンがドアに向かって歩きだすと、ストリックは静かに言った。「どこへ行くんだ、ベン？」

「家へ帰るのさ」

「それはできないんだな」ストリックは言った。

ベンは向きを変えて、ストリックを見た。

ストリックは何かを書いていた。顔をあげないままで、言った。「ベン、おれはきみを起訴《きそ》しようとしている。重罪ｰ加重暴行の容疑《ようぎ》でね」

「わかったよ」ベンは言って、ドアに向かってふたたび歩きはじめた。包帯をしたまま歩きまわると、包帯はどんなふうになるだろうと思っていた。それから、ふいに立ちどまった。ふりかえってストリックを見た。「いま、何て言った？　ストリック、どういうことなんだ？」

「つまりだな、きみは家に帰っちゃいかんってことさ」ストリックの声が変わっていた。これまでとちがって、きびしさを感じさせた。「きみは留置場へ行かなきゃならんってことさ」

16
頑丈《がんじょう》な罠《わな》

留置場は、ひと部屋しかなかった。コンクリートの壁《かべ》、かんぬきのかかった鋼鉄《こうてつ》のドア、二つの寝台《しんだい》、洗面台《せんめんだい》とトイレがある。

ベンは疲《つか》れきっていた。やっとのことで寝台にたどりつき、腰《こし》をおろし、けらけらと笑いはじめた。古いクラスメートが、ストリックが、ぼくを留置場に入れた。なぜか、それがこっけいだった。

ストリックは、ぼくが何をやったと言ったのだっけ？　重罪？　何かに暴行を加えた？　加重だって？

そうか、加重暴行か。いったい何のことだ。

何もかも、ひどいでたらめだ。ぼくは怒《おこ》るべきなのだ。怒って、何らかの手を打つべきなのだ。しかしいま、眠《ねむ》りに引きこまれながら、ベンは、砂漠《さばく》で感じたのと同じような感覚にひたっていた。これは現実のことじゃない。じっさいに起こっているのじゃない。明日になれば、何もかも、ちゃんとなる。もとどおりになる。明日だ。明日を待とう。

目をさましたとき、もう日は高くのぼっていた。留置場のドアが開いて、ベンの知らない保安官助手が廊下《ろうか》に立っていた。

保安官助手の後ろにいた一人の少年が、食事のトレイを持って入ってきた。ドン・スミスといって、ベンがリーダーをしているボーイ・スカウトの隊員だ。ドンは、ベンの顔を見たとたん、トレイを落っことしそうになった。ひとことも言わずにベンをじっと見つめ、トレイを寝台の上におろすと、後ずさりして出ていった。

「伯父《おじ》には知らせてくれたかい？」ベンは保安官助手にきいた。

「日誌《にっし》を見てみよう」保安官助手はそう言って、ドアを閉《し》めた。

まずまずの食事だった。食べおえると、ベンはドアに行き、外を見ようとした。しかし、狭《せま》い廊下の向こうの壁《かべ》以外は、何も見えなかった。

長い時間がたった。だれかが廊下を歩いてくるのが聞こえた。

伯父が、心配げに、悲しげに、鉄格子《てつごうし》ごしにのぞきこんだ。

「ベン」伯父は言った。泣きそうな声だった。「おまえ、何をやったんだい？」

「何もやってないよ」ベンは答えた。「ハムと会ってくれよ。ストリックじゃなくて、ハムに」

「彼《かれ》はここにいる」伯父は言った。「彼は、一分以内にだっておまえに会えるはずだ。しかし聞けよ、ベン。何も言うな、わかったか？　おれはおまえに弁護士をやとってやる。ジョー・マクロスキーに電話したのさ。話を聞くとすぐにな。しかし彼は、明日にならないとここに着かないんだ。だから、何も言わずにいるんだ。彼がここに着くまでは」

「ぼくは、何もかくすことはないよ」と、ベンは言った。

「何も言うんじゃない。おまえ、どのくらいひどくけがをしたんだ、ベン？」

「ぼくはだいじょうぶさ。ただ、ここから出たいんだよ、伯父さん。ハムに言ってくれよ、ぼくが出たがっているって」

「わかった。しかし、覚えていろよ、ベン。何も言うんじゃないぞ」

ベンは、伯父が立ち去っていくまでその顔を見つめていた。伯父さんはいい人だ、とベンは思った。善良《ぜんりょう》で正直で、悲しい男だ。砂漠《さばく》をきらい、二十年前に自分を捨《す》てて出ていった女房《にょうぼう》が、明日にでも、きょうにでももどってくるのじゃないかと、いまだに思っている人なのだ。

時間がたつにつれて、ベンは、しだいにいらだってきた。伯父以外にはだれも、ドアのところにやってこなかった。

十時ごろ、あのボーイ・スカウトと保安官助手がまたやってきた。トレイを下げるためだ。ドアが開くやいなや、ベンは言った。「きみ、ハムは、ぼくがここに入れられていることを知ってるのかい？」

助手は、じろりとベンを見ただけで、言った。「トレイをとりな、ドン」

「ぼくの質問が聞こえないのか！　ハムは、ぼくがここにいることを知ってるのか？」

「知ってるよ」助手はそう言うと、ドンを外に出させて、ドアを閉《し》めた。

一時間後、ハミルトン保安官がやってきて、ドアのロックをはずした。「こんなトラブルできみに会うのは残念だな、ベン。部屋まで来てくれたまえ」

「ゆうべ、あんたがここにいてくれれば、どんなトラブルもなかったはずなんだ、ハム」ベンは言った。「物事が、やたらとこんがらかっちゃったんだ」

「そうさな」ハムはあいまいに答えて、留置場のドアを閉めた。「気分はどうだい、ベン？」

「まあまあさ」

「ちゃんと歩けるかい？」

「ああ。いいかい、ハム、マデックは何て言ってるんだ？　やつは、どんな話をしてるんだ？」

「これからわかるさ」ハムは言った。二人はゆっくりと、熱いコンクリート舗装《ほそう》の上を歩いていった。

「マデックが何を言おうと、それは嘘《うそ》だよ、ハム」

執務室《しつむ》にはかなりの人がいた。ベンの伯父《おじ》、鳥獣保護官《ちょうじゅう》のレス・スタントン、治安判事のホンデュラック氏、ストリック、ヘリコプターのパイロットのデニー・オニール、そしてスーツを着た二人の男。この二人は、初めて見る顔だった。マデックのすがたを求めて見まわしたが、マデックはこの部屋にいなかった。

「すわりたまえ、ベン」ハムが言った。

一瞬《いっしゅん》、室内に沈黙《ちんもく》が流れた。全員がベンを見つめていた。

治安判事のホンデュラック氏が口を開いた。「さて始めようか、ベン。まず、こちらの方々は、マデック氏の弁護士さんだ。ええと……」

スーツを着た二人の男の年長のほうが、親指で年下のほうを指さして言った。「こちらがアルバーツ弁護士、そしてわたしがバロウィッツ弁護士」

ベンは二人に会釈《えしゃく》したが、二人のどちらも、ベンには目もくれなかった。ベンは、しばらく二人を見つめた。二人とも青白くむくんで、周囲の、なめし革《がわ》のような肌《はだ》の砂漠《さばく》の男たちとは対照的だった。

「さあ、ベン」ホンデュラックは言った。「ストリック保安官助手の報告によれば、きみは、きみの権利《けんり》について聞かされている。ここに、きみのサインした権利放棄《ほうき》証明書がある」ベンはうなずいた。

「よかったら、きみの立場から、この事件のあらましを話してほしいのだがね」ホンデュラックが言った。

話しはじめてから、ベンはソニア・オニールに気づいた。ソニアは、ストリックのデスクにすわって、両手を速記用タイプライターの上に置いていた。

ベンは、ソニアとタイプライターが気になった。しかし、ゆっくりと話していった。細かいところまで思い出そうとし、すべてのことを順序だてようとした。

だれも口をはさまなかった。ただ、じっとベンを見つめていた。ソニアはタイプライターに向かって、ひそやかなカチカチという音を立てつづけていた。紙は、機械から出てくるとき、きちんと折りたたまれていた。

山頂《さんちょう》で老人を見つけたところまで話したとき、保安官が初めて口を開いた。

「彼《かれ》は死んでいたのかね？」

「そうです」

「撃《う》たれて？」

「そうです」

「何回撃たれて？」

「一回です」

「それは、たしかかね？」

「たしかです」

「どこを？」

「胸《むね》です」

　ベンは話をつづけた。ただ、そのあと何が起こったかだけを話した。自分が何を考え、感じたかは、ぬかした。マデックにたいする自分の恐怖《きょうふ》、怒《いか》りは、ぬかした。

　保安官だけが質問をした。

「マデックさんを撃ったのは、何でだね」

「パチンコで、です」

「きみが老人のキャンプの中で見つけたものだね？」

「そうです」

「そのパチンコはどこにあるのだね、ベン？」

「ジープの中です」

　一同がストリックに視《し》線《せん》を投げた。ストリックは、かぶりをふった。

「ジープの中になかったのかい？」ベンはきいた。

「ジープには、パチンコはなかった」

「じゃ、ぼくらが老人を運び出したときに、落っこちたんだな」ベンは言った。

「そんなことはない」ストリックは言った。

「駐車場《ちゅうしゃじょう》の地面に落ちているか、あるいは診療《しんりょう》センターの裏口《うらぐち》に落ちているか、です」ベンは言った。「なぜって、ぼくがここに着いたときには、ジープの中にあったんですから。ぼくは見たんです」

「パチンコは、ありません」と、ストリックは言った。「どこにもないんです」

「つづけたまえ、ベン」ハミルトンが言った。

「どこかにあるはずです。狩猟《しゅりょう》用のごついパチンコで、握《にぎ》りの先に長い棒《ぼう》がついているやつです」

「わたしが言ったのは、それから何が起こったのか言いたまえ、ということだ」保安官は言った。

「これで、だいたい全部です」ベンは言った。「ぼくは彼《かれ》から銃《じゅう》をうばい、彼をしばりあげました。それから山の上までのぼり、老人の遺体《いたい》を見つけて運びおろしたんです」

保安官は治安判事のほうに目をやった。治安判事は言った。「レス、きみとストリックがへリコプターで砂漠《さばく》へ行って、この話の細部をチェックしてみたらどうかね？　老人が撃《う》たれた場所を見つけてみてほしい。銃弾《じゅうだん》を、見つかるだけ拾ってくれ。老人のキャンプも見てきてくれ。それから、ベンがいたというビュートも調べてくれないか。いちおう、念のためにね。もし、ベンがマデックを撃った場所を発見できたら、そこでも銃弾を拾ってきてほしい」

「ぼくも行かせてください」ベンが言った。「案内しますよ」

「だいじょうぶだよ、ベン」ハムが言った。「きみは、ここにいればいい」

ベンはみんなを見まわした。突然《とつぜん》、暑い、静かな部屋が、氷のように冷たいのを感じた。この部屋の中のだれ一人として、ベンの顔を見ようとしないのだ。心が凍《こお》るような思いだった。

ベンはホンデュラックのほうを向いた。「マデックは、あなたに何と言ってるんです？　彼の話はどんななんです？」

「うーん。それは、ちょっと話すわけにはいかないのだよ、ベン」ホンデュラックは言った。

「でも、ぼくは知る権利《けんり》があります」ベンはホンデュラックに言った。「もし、あなたが彼の言い分を信じたとすると、ぼくは、ひどい目にあってしまうんですからね」

「わたしが彼の言い分を信じるか、きみの言い分を信じるかの問題ではないのだよ。これはまさに、一人の人間の死についての、また、ほかの人間への暴行についての、予備審問《しんもん》にほかならない。わたしはただ、すべての詳細《しょうさい》を得ようとしているのだ。そうすることによって、重罪－加重暴行容疑《ようぎ》および殺人容疑による起訴《きそ》に根拠《こんきょ》があるかどうか判断しうるわけだからね」

「殺人なんてなかったんです」ベンはホンデュラックに言った。「事故だったんです」

初めて、弁護士の一人、バロウィッツが口を開いた。「人間を三回撃《う》つことが、事故かね？」

かわいた低い声できいた。

「死んだ人間を撃つことは殺人じゃありません」ベンは言った。

弁護士はただ肩《かた》をすくめて、ホンデュラックにほほえみかけただけだった。

「ベン、聞いてくれ」伯父《おじ》が言った。「それ以上言うんじゃない。弁護士をやとってやるから」

「ぼくは弁護士なんか必要じゃない」ベンは言った。「ぼくは、あなた方に、この一件がどんなふうにして起こったかを話しました。あなた方は砂漠《さばく》へ出かけて、それの起こった場所を見ることができるんです。もしマデックがあなた方にほかの話をしたとしたら、彼《かれ》は嘘《うそ》つきです」

「まあまあ、冷静に」ホンデュラックは言った。「さてと、ベンをまた閉《と》じこめておいてもらおうか、ストリック。それから、砂漠へ出かけてくれ」

「どうしてぼくが留置場にいなけりゃいけないんです？」ベンはきいた。けんめいになって声を低くおさえていた。「マデックはどこです。彼は留置場にいないじゃないですか！」

ホンデュラックは、冷ややかな目でベンを見て、言った。「彼だって、拘留《こうりゅう》されているのと変わらないのさ。ただ、彼は傷《きず》がひどいので、病院に入れられているってわけさ」

「いっそのこと……」ベンは、思わず口走りそうになった。いっそのこと殺してしまえばよかった、と。しかし、口をつぐんだ。

「いっそのこと――それから、何だね？」バロウィッツがきいた。

「砂漠へ出かけなければよかった、あんな嘘つきと」ベンはそう言って、椅子《いす》から立ちあがった。ストリックが合図をしていた。

留置場にもどると、伯父が追ってきた。ドアにもたれかかり、指を鉄格子《てつごうし》にからませている。

「ベン」伯父は言った。「おまえ、わかってるだろう？　おれにはほんとうのことを話してくれ。それしか道はないよ」

「ぼくは、ほんとうの話をしたよ」

伯父は、首をゆっくりと左右にふった。「おまえの話は、とてもそんなふうには聞こえなかったぜ。とっぴょうしもない話に聞こえた。作り話みたいにな、ベン」

「じっさい、そんなふうだったんだよ、それが起こっているときにもね」ベンはドアに寄った。

「マデックはどんな話をしたの？」

「うん、保安官とホンデュラックは、おれにもそのことは話さないだろうな、ベン。たぶん彼らは、法律《ほうりつ》で禁じられてるんだろう。しかし、おれは診療《しんりょう》センターで、エマ・ウィリアムズとちょいとばかり話をした。エマは、マデックさんが保安官たちに話したことを全部聞いたんだそうだ。……まずいよなあ、ベン。マデックさんの話は、おまえの話とすごくちがっている。そのうえ、彼《かれ》の話のほうが、はるかに筋《すじ》が通っている」

「どんなふうに？」

「マデックさんの話だと、おまえはあの老人にひどく腹《はら》を立てていた。老人が、おまえたちの追っていたビッグホーンどもを逃《に》がしてしまったんだ、とおまえは言い、老人と取っ組み合いのけんかになった。そして、老人はおまえの顔を金属探知器《たんちき》でなぐりつけ、おまえを崖《がけ》から転落させた。それでおまえは、そんなに切り傷《きず》や打ち傷をこしらえたんだと言うんだ」

「なんてこった」ベンは言った。

「それから、マデックさんが言うには、おまえと彼がいったんジープに乗ったあとで、おまえはおまえのホーネットを持って、一人で出かけていった。もう一度ビッグホーンを狩《か》り立ててくると言ってな。マデックさんが言うには、彼は、二発の銃声《じゅうせい》を聞いて、ひどく頭に来たそうだ。なぜなら、砂漠《さばく》でビッグホーンを狩猟《しゅりょう》することになっているのは彼であって、おまえではないからだ。それで彼は山の頂上《ちょうじょう》にのぼった。すると、老人が撃《う》ち殺されていた」

ベンは壁《かべ》にもたれた。「なるほどね。ずいぶん単純《たんじゅん》明快な話に聞こえるね」と言った。

「そうだろ？　それから、マデックさんの話では、おまえはマデックさんに、老人を撃ったのは事故だったと言い張ったというんだな。しかし、おまえは老人を二回撃っていた。マデックさんがそのことを指摘《してき》したら、おまえは、えらく腹を立てた」

ベンは、ふいに気分がよくなった。「するとマデックは、どう説明しているのさ、あの老人が二回ではなくて、三回撃たれていたってことを？　しかも一回は、ホーネットよりずっと大きな銃《じゅう》で撃たれている。マデックは、そのことはどう言っているの？」

「それが問題なんだよ、ベン。おまえの立場をひどく悪くしているんだよ」伯父《おじ》は、持ち前のゆっくりした、悲しげな口調で言った。「実にまずい話だよ。なぜなら、マデックさんの言うには、おまえは、マデックから銃をうばって、その銃でもう一度、老人を撃った。そして、さあこれで、老人を殺したのはマデックさんであって、自分じゃないってことの証明になるって言ったというんだな」

マデックのやつ、またぼくを出しぬいている、ぼくの裏《うら》をかいている。ベンはそう思わざるをえなかった。

「そんなの、全部、嘘《うそ》だよ」力なく言った。

伯父は、じっとベンを見つめていた。泣きだしそうな顔だった。「おれも、ほんとうにそうならいいと思ってるよ、ベン。まったくひどい話さ。マデックさんの言うには、彼は、おまえの魂胆《こんたん》に気がついておまえから逃げようとした。ジープにもどろうとした。そのとき、おまえが彼《かれ》を撃《う》ちはじめた。彼が走るのをやめるまで撃ちつづけた――」

「もし、ぼくがそういうことを全部やったのなら……」マデックがホンデュラックとストリックとハムのためにつくりあげた情景を、何とか頭の中に描《えが》き出そうとつとめながら、ベンは言った。「もし、ぼくがそれを全部やったのなら、そしてそれが、ほんとうに起こったことであるのなら、じゃあ、なぜぼくは、大変な苦労をしてマデックを保安官のところに連れてきたんだ？　まるで、ばかみたいじゃないか？　もし、あの老人を殺していたのなら、もう一人、マデックを殺したところでどうということはないはずじゃないか。わかるだろ、伯父《おじ》さん、マデックの話は筋《すじ》が通ってないよ。やつは嘘《うそ》をついているんだ」

「いや、そんなふうには聞こえなかったよ」伯父は言った。「マデックさんの言うには、おまえは、マデックさんを連れてこなきゃならないわけがあったんだ。もちろん、おまえは彼を殺したかった。しかし、恐《おそ》れていた」

「何を恐れていたのさ？」ベンはきいた。「彼が生きててしゃべることのほうが、ずっと恐ろしいはずじゃないか？」

「おまえは、レスとデニーを恐れていた」伯父は言った。「なぜなら、おまえがその老人を撃ったすぐあとで、彼らはヘリコプターでおまえたちの上空に飛んで来た。おまえは、レスとデニーが、ひょっとして、おまえのやったことを見ていたのじゃないかと思ったんだ。なにせ老人は、地面に、死んでころがっていたんだからね。それで、おまえは、それをマデックさんのやったことにせざるをえなくなった。おまえは彼を殺すことができなかった。自分の話をもっともらしく見せかけるためには、彼を連れて帰るしかなかった」

「そして、まんまとやつの思うつぼにはまってしまった」ベンは、くるりとドアに背《せ》を向けて言った。「ほんとに、やっつけてしまえばよかったんだ」

「ベン、何を言う」伯父が言った。「おまえはすぐ、かっとなる。これがわざわいのもとだってことは、知っているはずじゃないか」

「それほど、かっとなるたちじゃないよ」ベンはふり向いた。「伯父さん、マデックの話は全部嘘だ！　何から何まで。そんな話、信じる人なんていないよ！」

「いや、信じる。信じると公言するやつはいない。しかし、やつらは信じる。おまえは、いまは、ただ黙《だま》ってジョー・マクロスキーを待つことだ。それが、いちばんいい。それから、ベン――彼に真実を告げるんだ」

ベンは寝台《しんだい》に近づき、腰《こし》をおろしたが、すぐに顔をあげた。「レスとデニーはヘリコプターで降《お》りてきて、マデックに話しかけた。彼はそれを、どう説明している？」

「もう話しただろう。レスとデニーがそこへ着いたとき、おまえは、あの老人を撃ったばかりだったのだ。しかし、マデックはそれを知らなかった。彼は、おまえがビッグホーンを撃っているのだと思っていた。彼《かれ》は、彼らにそのことについて愚痴《ぐち》を言った。彼らはおまえを探《さが》すために出発した」

「全然ちがう方角へね。伯父さん、これは聞いてほしいんだ」ベンは静かに言った。「ぼくは、ホンデュラックとハムに洗《あら》いざらい話したわけじゃない。多くのことをぬかしておいた。たとえば、マデックは、自分があの老人を撃《う》たなかったふりをしようとした。ぼくを買収《ばいしゅう》しようとした。ぼくに一万ドル出すと言ったんだよ。そういうことをどう思う？」

「一万ドルだって！」伯父《おじ》は首をふった。「それは、おまえのほかの話と同じに聞こえるな、ベン。とっぴょうしがないんだ。でたらめに聞こえる。おれだったら、それについては、いっさい何も言わないね。ジョーがここに来るのを待って、彼に言うんだ。彼ならおまえに、どうしたらいちばんいいかを教えてくれるはずだ」

ベンは、自分の人生のほとんどをいっしょに過ごしてきたこの男を見た。「伯父さん、ぼくの言うことを信じてないみたいだね」

伯父は目を落とした。「おれだって、おまえが何の理由もなしに人を殺すとは思わんさ。しかし、もし、だれかが、おまえを金属探知器《たんちき》でなぐりたおしたとすれば……そう、おまえはすごくかっとなるたちだから」

ベンはうなだれた。「わかったよ、伯父さん」

「じゃ、あとでな、ベン」

「ああ」と、ベンは言った。


一時ごろ、保安官助手とボーイ・スカウトがまたあらわれた。少年が食事を持って入ってくると、ベンは言った。「ドン、頼《たの》まれてくれないか。診療《しんりょう》センターに行って、あそこの青年――たしかスーチェクといったな――に、伝えてほしいんだ……」

「ちょっと待った」助手がドアのわきで、言った。「そういうことは困《こま》るんだな」

ベンは助手のほうを向いた。「あんたはどっちの味方なんだ？」

「おれはどっちの味方でもない。そうカリカリするなよ」

「そうか」ベンは言った。「だったら、きみ、診療センターに行って、あそこの掃除《そうじ》係の青年に頼んでほしいんだ。くずかごの中をのぞいて、パチンコがないかどうか見てくれって」

「パチンコだって！」助手は、あきれたように言った。「きみは、パチンコを見つけるために、他人に、くずかごの中を引っかきまわしてくれって頼むのかい？」

ベンは、ドアに向かって歩いていった。助手は、ベンが逃《に》げるつもりだと思ったらしい。あわててドアの前に立ちふさがり、ピストルに手をかけた。

ベンは助手の前に立ちどまって、言った。「一人の人間が、ぼくにライフルで撃たれたと主張している。ぼくはそんなことはしていない。ぼくは彼《かれ》をパチンコで撃《う》ったんだ。もしパチンコが発見できたら、ぼくはそのことを証明できる。だから、それを発見するのを手伝ってもらえるとありがたいんだ」

「時間があればな」と、助手は言った。ドンを外に出し、ドアを閉《し》めた。

時間が、のろのろと過ぎていった。すっかり暗くなってから、保安官助手とドン・スミスが夕食を持って入ってきた。

ベンはドアのところに行った。「パチンコはどうだった？」

「時間がなくてね」

「くずかごの中身が収《しゅう》集《しゅう》される前に見たほうがいいんだが」ベンは言った。

「そうだな。勤《きん》務《む》が終わったあとでな」助手はそう言って、ドンを出し、ドアにもとどおり錠《じょう》をかけた。

ベンは腰《こし》をおろし、トレイを膝《ひざ》の上に置いた。腹《はら》は減っていない。しかし、ほかにすることもない。ともかく、食べよう。

あのパチンコ、ジープの前部座《ざ》席《せき》のあいだにころがっていたのだったが……。

ベンは、ペーパー・ナプキンを広げた。その内側に鉛《えん》筆《ぴつ》で文字が書かれていた。「パチンコは見つからなかった。ずいぶん探《さが》したんだけど。ドン」

マデックは、あれをどうしたんだ？　マデックがあれをかくす時間は数秒しかなかったはずだ……。

ベンは、ゆっくりと夕食を食べていた。食事を楽しむ気分とは、ほど遠かった。そのとき、ストリックがやってきてドアを開けた。

「ぼくは、あのパチンコを見つけなきゃならないんだよ、ストリック」

ストリックは、ドアのところに立って待っていた。腰のピストルに手をかけている。「おまえ、おれの先に立って歩け」おどすような口調で言う。

「ぼくは犯罪者じゃないぞ」ベンは言った。

「いいから、先に歩くんだ」

執務室《しつむ》には、また昼間の顔ぶれがいた。ホンデュラック、ハミルトン保安官、ベンの伯父《おじ》、速記用タイプライターを前にしたソニア、レス・スタントン、デニー・オニール、そして例の二人の弁護士。マデックは、いない。

「マデックはどこなんです？」ベンはきいた。

だれも答えない。そして、ストリックが言った。「すわれ」

「さあ、ストリック」ホンデュラックが言った。「きみは、砂漠《さばく》で何を見つけたかね？」

「すべての証拠《しょうこ》はマデック氏の話と一致《いっち》しています」ストリックは言った。ホンデュラックに近づき、二個の銃弾《じゅうだん》を手わたす。つぶれてはいるが、銃弾であることはすぐにわかった。

「これから弾道《だんどう》検査をしてもらいますが、これらがホーネットから発射《はっしゃ》された弾《たま》であることは、まずまちがいありません。これは、マデック氏の言う、ベンが老人を撃《う》ち殺した現場、山の頂《ちょう》上《じょう》付近で見つけました。いろいろな痕跡《こんせき》がありました。どこも血だらけで、だれかがそこで乱闘《らんとう》をしたように見えました」

「ほかに銃弾はなかったかね？」ホンデュラックはたずねた。「ベンは、あの老人は三五八銃弾で殺されたと言っているんだが」

「前にお話ししたとおり」ベンは言った。「マデックがその銃弾を見つけて、ポケットに入れたんです」

ストリックは、ベンのほうをじろりと見て言った。「そう、きみは、まさにそう言ったね？」そして、手を突《つ》き出した。手のひらの上に、三五八銃弾がころがっていた。「これは、ほかの二つの銃弾のすぐ近くにありました。これは、三五八です」

ベンは呆気《あっけ》にとられて、ホンデュラックの次の言葉もほとんど耳に入らなかった。——「現場というのは見通しの利《き》く場所だったのかね、ストリック？　つまり、レスやデニーはヘリコプターから死体を見ることができたのかね？」

「それについてですが」ストリックは言った。「どうやら老人の死体は、動かされて、小さな岩の張り出しの下に押《お》しこまれていたようです――おそらく、ヘリコプターから見られないためでしょう――そうなっていたことを示す明白な証拠があります」

「マデックが死体をそこに置いたんです」ベンは言った。

みんな、知らん顔をしていた。まるで、ベンが何も言わなかったかのようだった。

「次に」と、ストリックは言った。「われわれは、老人のキャンプを発見しました。まるで廃《はい》墟《きょ》でした。だれかが、めちゃくちゃに荒《あ》らしたんです。老人の毛布はずたずたに切りさかれ、衣類も引きさかれていました。水入れ缶《ウォーター・カン》は打ちこわされ、オーヴンも使いものになりませんでした。目もあてられませんでした。しかし」――ストリックは言葉を切って、ベンのほうに視《し》線《せん》を向けた。――「小さな錫《すず》の箱はありませんでした。どこにも、小さな錫の箱はありませんでした」

ベンはホンデュラックの顔を見た。「ちょっと質問してもいいですか？」

「ああ、いいとも」

ベンはストリックを向いた。「きみは、キャンプに毛布があったと言ったけど、靴《くつ》もあったかい？」

「古いブーツが一足あった。でも、ほんとのドタ靴だったね」

「もし、それが、ぼくがいたときにあったのなら、なぜぼくはそのブーツをはかなかったんだろう?」それから、みんなに向かって、「ぼくは裸《はだか》で、裸足《はだし》でした。ぼくは毛布を使ったでしょう。どんな靴《くつ》であれ、はいたでしょう」

弁護士のバロウィッツが、満足そうに言った。「判事さん、この青年は矛盾《むじゅん》したことを言っていると思われませんか? もし彼《かれ》が、自分の主張どおり、裸で素足《すあし》だったとしたら、きっとそのブーツをはいたでしょう。たとえどんな状態のブーツであれ、です。毛布の切れはしで体をおおったでしょう。ところが、彼はそうしなかった。そうしたものをすべて、その場に残した。この事実は、彼が、自分で主張するほどには裸でなかったということを示しているのではないでしょうか」

ベンは、まるで箱か何かの内側で話しているようだった。ぼくの言うことは、何も聞かれていない。何も理解されていない。

「だから、言ったでしょう!」ベンは叫《さけ》んだ。「マデックはあとになってもどってきて、そういうものを置いたんです。ぼくが……」

「いったい何のためにだね、なぜだね!」バロウィッツがきいた。「何の目的で、マデック氏は、そんながらくたをかくしたり出したりしたのだね?」

「ともかく、ぼくがそのキャンプに行ったとき、そこには何もなかったんです」ベンは頑固《がんこ》に言った。

「ふん、そして、あの不思議な小箱だけがあったというわけか。あの不思議な、すがたなきパチンコの入った箱だけが……」バロウィッツが言った。

「わかった、わかった」ホンデュラックが言った。「議論《ぎろん》は法廷《ほうてい》でやってもらおう。これは、ただ予備審問《しんもん》でしかないんだから。……ビュートはどうだった、ストリック？」

「ぼくは議論しているんじゃありません！」ベンは言った。「ぼくはただ……」

「ベン、その問題はまたあとで話し合おう」ホンデュラックは言った。「わたしとしては、とりあえず、全般《ぜんぱん》にわたって要点をつかんでおきたいのだ。個々の問題点を検討《けんとう》するのは、それからにしたいのだ。で、ビュートはどうだったかね、ストリック？」

「あのビュートには、だれものぼっていません」ストリックは言った。ベンがハイスクールのときから覚えている、朗々《ろうろう》たる、確信に満ちた声だ。「だれかが、のぼろうとはしました。テント・ペグを岩壁《がんぺき》に打ちこみ、いくつかの足がかりをつくっています。しかし、だれも、あれをのぼってはいません」

「ぼくは、のぼったんだ」ベンが言った。

ストリックは、ベンをちらりと見た。「あのテント・ペグを伝ってはのぼれないよ。あれは、とちゅうまでしか行っていなかった」

「ぼくは、反対側をのぼったんだ」

ストリックはベンにほほえみかけた。「最初きみは、あの砂漠《さばく》の中を裸《はだか》で逃《に》げまわったと言った。そして、いまきみは、あのビュートをのぼったという。素手《すで》で、すっぱだかでのぼったと。いいかい、ベン、登山道具を持たない人間には、あそこをのぼることなど、ぜったいできないんだ。そうだよね、レス」

「わたしには、できなかった」レス・スタントンが言った。

「ぼくは、のぼったんだ」ベンは言った。

「わかった、わかった」ホンデュラックは言った。「さて、ベンの供述《きょうじゅつ》によれば、彼《かれ》は山から例のビュートまで歩いたという。きみは、それらしい跡《あと》を見つけたかね、ストリック？」

「レスは、何かが通ったような跡があると言っています。しかし、わたしには、はっきりそうとは断定できません」

「レスは、どう見たかね」ホンデュラックがきいた。

「何かが通ったような跡はあります」レスが言った。「それが何の跡なのか、明確に言うことはできかねます。非常に不明瞭《ふめいりょう》な跡なのです。しかし、もしベンが、彼が言うようにソトルのサンダルをはいていたとすれば、あのような跡ができた可能性はあると思います」

「レスは専門家《せんもんか》です」ストリックは言った。「しかし、あれが人間の足跡《あしあと》のようには、わたしには見えませんでした。サンダルをはいているか素足《すあし》であるかにかかわりなく……」

ベンはレスを見つめた。しかしレスは、ただ肩《かた》をすくめただけだった。

「次に、キャンプの場所だ」ホンデュラックが言った。

「彼らはそこに、二日あるいは三日いました」ストリックが言った。「そこも、すごい状態でした。何もかも燃えてしまって、判断の材料もろくにありません」

「ホーネットから発射《はっしゃ》された銃弾《じゅうだん》は、なかったのかね？」

「あそこでは、だれも、あのホーネットを撃《う》ってはいません」ベンは言った。

「もしそこにあるとしても、見つけるにはかなり時間がかかるでしょう」ストリックは言った。

「もっと時間のあるときに、また行ってみる必要があります」

「そうだな」ホンデュラックが言った。「どうやら証拠《しょうこ》はそろったようだ。老人が、あるホーネット・ライフルによって山頂部《さんちょうぶ》で二回撃たれたこと、そしてマデック氏が、あるホーネット・ライフルによって砂漠《さばく》で撃たれたこと、この二点は証明されたとみてよさそうだ」

ホンデュラックは、二人の弁護士のほうに視線《しせん》を投げた。二人は、ベンチに並《なら》んですわっている。「このへんで起訴《きそ》の手続きをとるべきでしょうな。あの老人に関しては、殺人の容疑《ようぎ》で、マデック氏に関しては、重罪‐加重暴行の容疑で……」

ベンはとびあがった。「ちょっと待って！　あなた方はまだろくに調べていないじゃないですか。ぼくの言い分だって十分に聞いていない。あなた方は……」

「ベン！　ベン！　ベン！」伯父《おじ》が言った。「おまえに言っただろうが、忘《わす》れたのかい？　さあ黙《だま》るんだ、ベン」

ベンは伯父を無視《むし》した。レス・スタントンのところへ歩いていった。レスは椅子《いす》に腰《こし》をおろし、脚《あし》を長々と伸《の》ばしていたが、ベンが近寄ると脚を引っこめた。

「レス。あんた、あのビュートの上に行ったんだろ？」

「ああ、あそこのてっぺんに着地したんだ」

「じゃ、あのトンネルを見ただろ？　頂上《ちょうじょう》から十五メートルばかり下にあって、中に水たまりのある岩のトンネルさ」

レスは、しばらく答えなかった。やがて、目を落としたままで言った。「覚えていないのかい、ベン？　きみとわたしは、ヘリで、あのビュートの上を飛んだことがあるじゃないか。あのとき、わたしはきみに、あのトンネルの中の水たまりの話をしたじゃないか」

「レス」ベンは言った。「だからこそ、ぼくはあそこへ行ったんだ。だからこそ、ぼくは、あそこへ行かなきゃならなかったんだ。あそこに水があることを知っていたから」

バロウィッツはほほえみ、それから、ゆっくりと首をふった。「これはおもしろい。これでいろいろなことの説明がつきますな。たとえば、きみが、じっさいにはそのトンネルに入ったこともないのに、なぜそのあたりのことを細かく描写《びょうしゃ》できるのかということも……」

「ぼくは、あの中にいたんだ」ベンは言った。

レスは、床《ゆか》を見おろしたままだった。「あのテント・ペグを使って、あの水たまりまで行けるはずがない。ベン、それは不可能なんだ」

「ちがう。ぼくは、あのペグを使ったんじゃない。ぼくは別のルートでのぼったんだ」

レスは、まだ目をあげなかった。「ベン、わたしは、きみを嘘《うそ》つきだと言うつもりはない。しかし、反対側の壁《かべ》をのぼってあのトンネルに行くことはできないと思うよ」

彼《かれ》らを言葉で納得《なっとく》させようとしても、むだだ。物で証明してみせるしかない。

「あんたはトンネルの中におりたのかい？」と、ベンはきいた。

「ロープを使っておりたよ」

何年ものあいだ、ベンは、レスを、もっとも善良《ぜんりょう》で、もっとも正直な人間の一人だと思ってきた。そして、自分の知るかぎり、もっとも砂漠《さばく》にくわしい人間だと思ってきた。レスは、コウモリのあとだってつけられるという評判を持つ男だ。

「トンネルの中にいるあいだに……」ベンは、やっとのことで声を平静でおだやかに保ちながら、言った。「ぼくは、あのパチンコで、十一羽の鳥を撃《う》った。そして、それを食べたんだ。骨《ほね》は残した。何かの骨を見なかったかい、レス？」

レスは、何も言わなかった。ただすわって眉《まゆ》をひそめているだけだった。

ベンは信じられなかった。レスが、あれほど目立つ骨《ほね》を見逃《みのが》すはずがないと思った。

「ウズラの骨さ。ウズラを食べたんだ」と、ベンは言った。

やっと、レスは目をあげた。「骨はあったかもしれない。わたしは見なかったけれど。ベン、あの中はすごく暗くなりかけていたんだ」

ベンはレスを凝視《ぎょうし》した。「じゃ、トカゲは？　ぼくはトカゲも一匹《ぴき》撃《う》って、食べたんだ。皮は残しておいた」

「それも見なかったな、ベン」レスは言った。

「レス、あそこへもう一度行ってみてくれよ、ね？　朝いちばんで……」

バロウィッツが静かに言った。「判事さん、どうでしょう、これは裁判《さいばん》ではなく純粋《じゅんすい》の事情聴取《ちょうしゅ》でありますから、無用の混乱《こんらん》を避《さ》ける意味で、あまりに瑣末《さまつ》な事柄《ことがら》は取りあつかわないほうがよろしいのではないでしょうか」

ベンは、くるりと身をひるがえしてバロウィッツのほうに向いた。「これは瑣末な事柄ではありません！　もしあのトンネルの中に骨があれば、それはぼくがあそこにいたことの証明になります。つまり、マデックが嘘《うそ》を言っているってことがわかるんです」また、レスのほうに向き直り、「ぜひとも骨を見つけてほしいんだ。手遅《ておく》れにならないうちに……」

「ベン」ホンデュラックは強い口調で言った。「この場を取りしきっているのは、わたしだよ」

「でも、あなたはわからないんですか？　もし骨があるのなら……」

「判事さん、ちょっと口をはさんでよろしいですか？」バロウィッツが言った。「鳥も、ときおり自然に死ぬことがあるのではありませんかな？」

ベンがバロウィッツに向かって叫《さけ》びはじめたとき、保安官が手をあげた。膝《ひざ》の上のノートブックを見ながら、こう言った。「ここにマデック氏の供述《きょうじゅつ》が書いてある。きみとマデック氏が砂漠《さばく》に入った最初の二、三日のあいだ、ベン、きみは始終、あのビュートのまわりをぶらついていた。彼《かれ》も、ビッグホーンを追って遠出したりしていたから、きみがあのビュートにのぼったかどうかは知らないそうだ。しかし、きみが、のぼろうとしていたことは事実だ」

「ぶらついていただって！」ベンは思わず叫んだ。それから、声を落とした。「もし、ただぶらついていただけなら、ハム、ぼくは生《なま》の鳥や生のトカゲを食べただろうか？」

バロウィッツは、ホンデュラックを見つめながら言った。「判事さん、わたしはあなたと同様、こうした細かな問題の検討《けんとう》は法廷《ほうてい》にゆだねるべきだと思う者ですが、ひとつ申しあげておきたいのは、若干《じゃっかん》の鳥の骨があるからといって、それについていた肉を食べた人物を特定できるものではないということです。こうしたことは、わたしなどより、砂漠についてはるかに豊かな経験をお持ちのみなさんのほうが、よくご存《ぞん》じだと思います。じっさい、骨があるからといって、その鳥がどうやってそこへ行ったか、どんな死に方をしたか、死体に何が起こったかなど、わかるものではありません」

「そうですな」ホンデュラックは言った。「すわりたまえ、ベン。ぜひわかってほしいが、わたしはこの件について、ほんとうに残念に思っている。状況《じょうきょう》が、いま、どのようなものかは、ごらんのとおりだ。わたしは治安判事なのだし、ここは法廷《ほうてい》ではない。もちろん、これでおしまいというわけじゃない。わたしの任務は、ただ、人を拘留《こうりゅう》するに足る証拠《しょうこ》があるかどうかを確認《かくにん》することなのだ。わかるだろう？」

「証拠はたくさんあります」ベンは言った。「しかし、ぼくを拘留できるような証拠はないはずです」

「さあ、すわりたまえ、ベン」ホンデュラックは、強い口調で言った。

ベンは、のろのろと腰《こし》をおろしながら、人から人へ顔を見まわした。

二人の弁護士は、せわしげにブリーフケースの書類をそろえたり、ネクタイをまっすぐに直したりしている。レスはただすわって、眉《まゆ》をひそめて床《ゆか》を見おろしている。ハミルトン保安官はストリックに近づいて、小声で話しかけている。ホンデュラックはデスクに向かって、何かを書いている。

だれも、ベンを見ていない。デニー・オニールでさえもだ。デニーは、自分の腕《うで》時計に見入っている。ソニアはソニアで、細長いタイプ用紙をそろえるのに余念がない。

みんな、ぼくの友人だったはずなのに。だれも、ぼくを信じてくれない。ぼくの言い分に耳をかたむけてさえくれない。この町でさえそうなら、町の外へ連れ出され、知人のいない郡《ぐん》庁《ちょう》所在地の法廷に立ったら、ぼくにどんなチャンスがあるだろうか？

それにひきかえ、マデックの立場はほとんど完璧《かんぺき》だ。何もかも論理的《ろんりてき》にととのっている。筋《すじ》が通っている。それを証明する証拠もそろっている。

突然《とつぜん》、ベンは思い出した。声をはずませて言った。「ホンデュラックさん！　レスにもうひとつだけ質問させてください」

「もう、ベン！」

「ひとつだけです」

「いいだろう、短く頼《たの》むよ」

「レス」ベンは言った。「あんたがヘリでおりてきたとき、マデックは、ぼくがどこにいると言った？」

「山に行っていると言った。きみが勝手にビッグホーンを撃《う》っていると言ってひどく怒《おこ》っているようすだった」

「山は、ヘリからどのくらい遠く離《はな》れていた？」

レスはデニーを見やった。「十二、三キロかな？」

「ほぼ十二キロだ」と、デニーは言った。

「とすると、ぼくは、あんたたちを見られなかったはずだな？」

「きみ、要するに何を言いたいのかね？」バロウィッツがきいた。

「ちょっと待って」ベンは、弁護士をはねつけた。「レス、ぼくは、あんたたちを見られたろうか？」

「ああ、ヘリは見えたはずだ」

「いや、ぼくが言うのは、あんたたち乗員のことだ。あんたが何を着ていたか、あんたが何をはいていたかが、見えただろうか」

「そうだなあ。それは見えないと思うな。十二キロ向こうからじゃ、無理だよ」

ベンは、バロウィッツを見やった。初めていい気分になった。マデックがしかけた頑丈《がんじょう》な罠《わな》をぶちやぶって、外に出るような思いだった。

「そのとおり！」ベンは、勝ちほこった声で言った。「しかし、もし、ぼくがビュートの上にいたとしたら、ぼくは、あんたたちを見ることができたね？」

「それはそうだ。わたしたちは、ビュートの根もとのすぐそばに着陸したんだから」

「よし！　じゃ、もしぼくが、あんたがあのとき着ていたものを正確に当てることができたら、ぼくは山にはいなかった、ということになるだろう？　ぼくはあのビュートの上にいたんだ」

バロウィッツは、立ちあがりかけていた。もうこの部屋から出ていこうとするかのようだった。「なんともはや、まことに興味深いことですな。しかしですよ、鳥獣《ちょうじゅう》保護官の制服の特《とく》徴《ちょう》を言うのに、どれだけの想像力がいりますかな」

皮肉《ひにく》っぽくそういうバロウィッツに向かって、ベンはただ、にやにや笑っていた。

ホンデュラックが言った。「お説のとおりですな」

「そんなことはありません」ベンは言った。「なぜなら、レスは制服を着ていなかったんですから。そうだよね、レス？　あんたは紫《むらさき》色のシャツに黄色いズボンだった。白い靴《くつ》をはいていた。そうじゃないかい、レス？」

レスは当惑《とうわく》したようすだった。「そう、実は、パトロールの出発直前になって、クレイトンの都合が悪くなり、急遽《きゅうきょ》、彼《かれ》に代わってヘリにとびのったもんだから……」

ベンは、ホンデュラックのほうを向いた。「おわかりでしょう、マデックは嘘《うそ》をついているんです。彼の言ったことは、何から何までまったく嘘っぱちなんです」

「ホンデュラックさん！」バロウィッツは、治安判事に駆《か》けよった。「わたしは、この種の発言を許すことに抗議《こうぎ》せざるをえません。実に、実にけしからん」

「まあまあ、落ちつきなさい、ベン。……レス、いまの話はどうなんだ？　きみは白い靴をはいていたのかね、そして——紫色《むらさき》のシャツを？」

レスは声を立てて笑った。「一生に一日だけ制服を着ずにパトロールに出て、そのことが保安官事務所でばれてしまうとはね」

「ぼくは、マデックが主張しているように山にいられたわけがないんです」ベンは言った。「彼《かれ》の言っていることのひとつがでたらめなら、ほかのことだって全部でたらめだってことになるでしょうが」

ホンデュラックが、「まあ、落ちつきたまえ、ベン……」と言ったとき、バロウィッツは、部屋を横切って、壁《かべ》のガン・ケースのところへ行った。そこにかかっているベンのホーネットを手にとって、こちらを向いた。銃《じゅう》をちらりとながめて、言った。「このライフルにはすごく強力なテレスコープ・サイトがついています。このようなテレスコープを通してみれば、人が何を着ているかを見るのはきわめて容易ではないかと思われますが」

「十二キロ先からじゃ、だめですよ！」ベンは叫《さけ》んだ。

バロウィッツは銃を高く持ちあげ、スコープをのぞいた。「いや、見られます」そう言って、銃をケースにもどした。

もう一人の弁護士が、初めて口を開いた。「あるいは、この青年はずっと近くにいたということもありえます。ビュートの上ではありませんがね。けっきょくのところ、彼は数時間前にキャンプを離《はな》れていました。ですから、砂漠《さばく》のどの地点にでもいることができたと思われます。鳥獣《ちょうじゅう》保護官の着ているものが見えるほどに近接した場所にいることもできたのでしょう」

バロウィッツは自分の椅子《いす》にもどって、ブリーフケースをとりあげた。「判事さん、この男を起訴《きそ》すると決定されたのは賢明《けんめい》なご判断だったと思います。では、今夜はこのへんで。おやすみなさい」

「おやすみなさい、おやすみなさい」ホンデュラックは、ぼんやりと言った。何かに気をとられているようすだ。

ドアが閉《し》まると、ホンデュラックはゆっくりとベンに視線《しせん》を移した。「ベン、わたしはほんとうに残念だ。こういう事情で、しかたなく、きみを裁判《さいばん》までのあいだ拘留《こうりゅう》せざるをえない。ぜひ理解してほしい」

「いや」ベンは言った。「理解できません。マデックはある老人を撃《う》った。そしてぼくはマデックを撃った。マデックに撃たれるのを防ぐためです。それなのに、なぜ、ぼくだけが起訴され、拘留されなきゃならないんです？　全然、理解できませんよ」

「さあ、ストリック」ホンデュラックが言った。「彼を監禁《かんきん》したまえ」

17　医師の証言

伯父《おじ》の声が聞こえた。かすかに遠く、夢の中の無意味な言葉のようだ。「だいじょうぶだよ、ベン。おまえには弁護士がつく。だから、安心するんだよ」

ベンはストリックを見た。「ぼくに、先に立って歩けって言うんだろ？」

「そういうこと」ストリックは言った。

ベンは、ドア・ノブに手を伸《の》ばした。そのとき、ドアが開いて、ソーンダーズ医師が入ってきた。グリーンのスモックを着ていた。医療《いりょう》用の器具がスモックのポケットからとびだしている。

ベンはふりかえって、ホンデュラックに言った。「たぶん先生は、何か知ってるんです」

医師はベンを見た。まるで虫ケラでも見るような目つきだった。ベンのわきを通りすぎて、ホンデュラックのほうに歩みよった。

「歩くんだ」ストリックが言った。

しかし、ふたたびドアはふさがれた。あの二人の弁護士が入ってきたのだ。

「ちょっと待て、ストリック」ホンデュラックが言った。

ベンは立ちどまり、向き直った。医師は、ホンデュラックの前に立っていた。腕《うで》を組み、ホンデュラックを見おろしていた。さっきベンを見たのと同じ目つきだった。

「ぼくは、呼《よ》びつけられるのがきらいなんです」医師はそう言った。

ホンデュラックはおどろいたようだった。「失礼。そんなつもりはなかったんだが、わたしはただ、あなたの助けを借りたかったものだから」

「何をすればいいんです？」

二人の弁護士は、医師のすぐ後ろまで来ていた。

ホンデュラックが言った。「この方たちはマデック氏の弁護士さんです。こちらは、ええと……」

医師は向き直り、ほほえんだ。バロウィッツに手を伸ばした。二人は、にこやかに握手《あくしゅ》を交わした。

「これはこれは、先生」バロウィッツが言った。

「あのモーテルのサービスは、いかがでしたか？」医師はきいた。

「申し分なしです、おかげさまで」

「そうですか」医師は、ほほえみながら言った。「お役に立てて幸いです」

それから向き直って、ホンデュラックと顔を合わせた。医師の態度にふたたび傲慢《ごうまん》さと冷たさがもどるのを、ベンは見た。

「さあ、ぼくに何をお求めなんです？」医師はきいた。

ホンデュラックは、だれにともなく、「この事件に関しては、医師の報告が必要なんです」と言ってから、ソーンダーズ医師を見あげて、「つまり、あなたが医師としてごらんになったもの、すべてを知らせていただきたいのです」

「いったい、これはどういう事件なんです？」ぶっきらぼうにそう言うと、医師はじっとホンデュラックを見つめた。何と冷たくて敵意のこもった態度だろう、とベンは思った。

ホンデュラックは、おどおどしているような感じだった。「そう、かなり重大な事件なんです」言い訳《わけ》でもするような口調で言った。「殺人と加重暴行のうたがいがあるのです」

医師はふりかえって、ベンを、しばらくのあいだ冷たく見つめた。それから、「なるほどね」と言った。

ベンはじっと医師を見返し、静かに言った。「先生、ぼくをほかの人みたいにおじけさせようとしたって、だめですよ。ぼくはただ、あなたから……」

「ベン」保安官が言った。「もうたくさんだ。これ以上、邪魔立《じゃまだ》てはしないでくれ」

ベンは向き直って、保安官を見つめた。「ハム。ぼくは、殺人罪で起訴《きそ》されかけてるんだぜ。それなのに、自分を弁護する権利《けんり》もないのかい？」

「法廷《ほうてい》で十分争えるよ」保安官は言った。

「法廷のやり方もこんなだったら、ぼくは一生牢獄《ろうごく》につながれること、うけあいだね」ベンは言った。

「ベン」ホンデュラックが言った。「静かにしてくれ。でないと、きみを監禁《かんきん》する。そして、侮辱《ぶじょく》のかどで起訴する。さあ、黙《だま》ってくれ」それから声を低めて、ていねいに言った。「では、先生……」

医師は、向きを変えてベンを見つめた。「この人は、背《せ》に、臀部《でんぶ》に、腕《うで》に、脚《あし》に、脚の先と膝《ひざ》に、擦過傷《さっかしょう》を負っています。これらの擦過傷ができたのは、彼《かれ》の皮膚《ひふ》と、傷《きず》を負わせた物体とのあいだに、布地であれその他の物質であれ、何もなかったときです。言いかえれば、彼はそのとき、裸《はだか》であったのです。足の裏《うら》の裂傷《れっしょう》、頬《ほお》の切り傷は明らかに、鋭利《えいり》な石によってつくられたものです。毛髪《もうはつ》、ひげ、耳、陰部《いんぶ》には砂粒《すなつぶ》が入りこんでいました」

「興味深い所見《しょけん》です」バロウィッツは言った。「先生、どうでしょう。これらの傷が、頭を重い金属鉱物探知器《たんちき》でなぐられ、崖《がけ》から、かなり固い岩場まで転落した結果生じた可能性は、ないでしょうか？」

「可能性はあります」医師は言った。それから付け加えた。「もし彼《かれ》が、転落したさいに裸《はだか》であったのなら」

バロウィッツは、医師に向かってほほえんだ。「そのとき、裸であったとか、何かを着ていたとか、そこまで断定できますかな、たとえば法廷《ほうてい》での証言でですよ？」

「ゆうべ、傷《きず》を治療《ちりょう》したときだったら証明できたかもしれませんが、いまは無理ですね」

「そうだと思いましたよ」バロウィッツが言った。

医師は肩《かた》をすくめ、つづけた。「この人はまた、極端《きょくたん》な脱水症状《だっすいしょうじょう》を示していました。そして、かなりの時間、裸で太陽にさらされていました」

「覚えておられるとおり」バロウィッツがホンデュラックに言った。「マデック氏は供述《きょうじゅつ》の中で、狩《か》りの案内人としてやとったこの青年が、しじゅう裸になってひっくりかえり、日光浴をしていた、と不満を述べています」

「いい加減にしてください！」ベンは人々の顔を見まわした。「ぼくは、砂漠《さばく》の日光の中でひっくりかえったりしませんよ。それほどクレイジーじゃありません。みなさん、ご存《ぞん》じのはずです」

「オニールさん」バロウィッツは言った。「あなた、わたしに言いましたね。あるとき、あなたはヘリコプターに乗っていて、この男が砂漠の中で、裸で横たわっているのを見たと？」

「ええ」デニーはベンの顔を見ないで言った。「彼が完全に裸だったかどうかは知りませんが」

ベンは、デニーをじっと見つめた。デニーが、ついにベンの顔を見た。

「どうもありがとう」ベンは言った。

「話が、こんなふうにねじまげられるとは思わなかったんだ」デニーは苦しそうに言った。

バロウィッツはベンを見た。「きみは、オニール氏の証言を否定《ひてい》するのかね？」

ベンは、椅子《いす》の中にぐったりと体を落とした。「あのときぼくは、ハゲタカが、砂漠の中に横たわっている死体にたいしてどんなふうに反応するかを調べたかったんです」抑揚《よくよう》もなく、そう言った。

「ああ、わかった」バロウィッツは言った。「きみは日光浴をしてはいなかった」

「そうです」

「ただ横たわって、ハゲタカにむさぼり食われるのを待っていた……」

ベンは、何人かの人たちが微笑《びしょう》を浮《う》かべるのを見た。

バロウィッツは医師のほうに向き直った。「さあ、先生」明るい声で言った。「あなたは、この男の傷の状態をくわしく話してくれました。そろそろ、わたしの依頼人《いらいにん》の……」

ホンデュラックがバロウィッツをさえぎった。「先生、あなたの報告書の中には、ベンが撃《う》たれていたということも書かれているのじゃありませんか？」

「ええ、彼《かれ》は腕《うで》を撃《う》たれています」

「そして、それはきわめて興味深い傷《きず》です」バロウィッツは言った。「判事さんに、ぜひごらんいただきたい傷です」

ベンは腕を持ちあげた。二つの絆創膏《ばんそうこう》がよく見えるように、腕をまわす。

「なんともおあつらえ向きの傷じゃありませんか」バロウィッツが言った。「小さな、肉だけの傷。自分で自分につけておいて、あいつにやられたんだと他人に罪をなすりつけるには、もってこいの傷です。先生が報告書の中で言っておられるように、弾《たま》は、彼の腕に何の重大な損《そん》傷《しょう》も起こしてはいません。明らかに、この男が、重い損傷をつくらないよう十分に注意しながら、自分で自分を撃ったのです。ただただ、マデック氏に罪を着せんがための行為《こうい》でした」

「ホンデュラックさん、ぼくは銃《じゅう》を持っていなかったのに、どうしてそんなことができたんです？」ベンがきいた。

バロウィッツは即座《そくざ》に言った。「判事さん。すでに確認《かくにん》されていることですが、彼は銃を持っていました。自分のライフルを携帯《けいたい》していました。だからこそ、彼は鳥獣《ちょうじゅう》保護官の衣服を見ることができたのです——テレスコープ・サイトでもって」

「そういうことのようですな」ホンデュラックが言った。

　バロウィッツは医師のほうに向き直った。「さて、もっとも重大な問題にとりかかりましょう。意図的《いとてき》な、入念な、熟慮《じゅくりょ》のうえの、現実の銃撃《じゅうげき》が、マデック氏にたいして行なわれました。やったのはこの男です。この男は現在、自分は銃を持っていなかったと主張しています。しかし先生、わたしは、あなたが、いかなる法廷《ほうてい》においても明確に証明してくださるだろうと確信します。マデック氏が撃たれた、それも、悪意とはっきりした目的意識をもって、くりかえし撃たれたということを」

「彼を撃った人物が何を考えていたかなんてことは、ぼくにはわかりません」医師は言った。「ぼくが証明できるのは、マデック氏が撃たれたことです。五回撃たれたんです」

「五回」バロウィッツはゆっくりと言った。そして、部屋にいる男たちを見まわした。「みなさん、どなたも射撃《しゃげき》の名手とお見受けしますから、きっと同意していただけると思いますが、一人の男を五回撃って、五回命中させ、しかも殺さないというのは、明らかに殺す意思のなかったことを示しています。じっさい、彼としては、まちがってもマデック氏を殺すわけにはいかなかったのです」

「もちろん、ぼくは彼を殺す気などありませんでした」ベンは言った。「あなたにそれを証明してもらう必要はありません」

「きみは、殺したかったのだが殺せなかったのだ」バロウィッツが憎々《にくにく》しげに言った。「きみが犯人だということが、すぐばれてしまうからだ」また医師のほうを向いて、「マデック氏が撃《う》たれたのは何口径のライフルでしたか、先生？」

ベンは、頭を椅子《いす》の背《せ》もたれの上に休めた。「彼《かれ》は、何口径のライフルによっても撃たれてはいない。彼が撃たれたのは……」

「ベン」ホンデュラックが警告《けいこく》した。「どうぞ、先生」

「ぼくは、銃《じゅう》の口径のことは何もわかりません」医師が言った。「ぼくはただ、マデック氏が何で撃たれたかについて述べるだけです」

バロウィッツは、ポケットからホーネットの銃弾《じゅうだん》を一個とりだし、医師に示した。「この銃弾とほぼ同じサイズ、同じ直径ではないですかな？」

医師は、銃弾をながめて言った。「非常に近似している、と言っていいでしょう」

「これはホーネットの銃弾です。ですから、マデック氏は一挺《ちょう》のホーネット・ライフルによって撃たれたと言ってよろしいのでしょうね、先生」

医師が答える前に、ホンデュラックがやわらかな口調で言った。「それはどうですかな、ひとつの仮定にすぎんのではありませんかな」

「判事さんのお言葉とも思えませんな」バロウィッツは言った。「わたしが言いたいのは、つまり、先生の証言によれば、マデック氏は、ホーネットのそれと同じサイズの銃弾によって撃たれた、ということです。これが仮定にすぎないとは、わたしには思えません」

「そうですかな。ま、それは、またあとで検討《けんとう》しましょう」ホンデュラックは言った。

「けっこうです。さて、先生。マデック氏を撃った銃弾は、あの老人を撃ち、死亡《しぼう》させた銃弾と同じ直径のものではありませんか？」

「老人を撃った銃弾のうちの二つとは、ほぼ同じサイズです。しかし、第三のものよりは小型です」

ベンの伯父《おじ》は混乱《こんらん》したらしかった。「第三ですって？　わたしは、彼が、ただ二回撃たれただけだと思っていましたが」

バロウィッツは、うんざりしたような声で言った。「覚えていないんですか？　あなたの甥《おい》は、あの老人を撃つのに、マデック氏の銃も使ったんですよ」

「ああ、そうでしたね」ベンの伯父は言った。

「老人は三回撃たれたのです」医師は言った。「一度は、かなりの重量の、高速度で飛来した弾丸《だんがん》によって。ほかの二つの傷《きず》は、ずっと軽い弾丸によってできたものです」

バロウィッツは、うれしそうだった。「すぐれた医師は、そのような単純《たんじゅん》な観察なら解剖《かいぼう》を必要としないということですな、先生？」

「そうです。傷を見れば、すぐわかります。重い弾丸と、はるかに軽い弾丸とでは、組織と骨《ほね》の破壊《はかい》の度合に大きな差がありますからね」

ホンデュラックにまたとめられるかもしれない、と思ったが、ベンはともかく、きいてしまった。「どっちの傷《きず》が彼《かれ》を殺したんですか、先生？」

医師はベンを見つめた。まるで、この男、ばかじゃないかと言わんばかりの目つき。「彼を撃《う》った最初の弾丸《だんがん》ですよ、もちろん」

「それでは、彼の喉《のど》の銃弾《じゅうだん》、あるいは彼の胸《むね》の銃弾のどちらも、彼を殺しえたわけですな？」

バロウィッツがきいた。

「胸の銃弾ですよ」医師が言った。

ベンは、痛《いた》む両脚《りょうあし》を床《ゆか》の上に押《お》しやって、椅子《いす》にぐったりともたれかかった。医師に無視《むし》されるのを覚悟《かくご》できいた。「どちらの弾《たま》です、先生？　小さい弾ですか、大きい弾ですか？」

おどろいたことに、医師は静かにこう答えた。「彼の胸を撃った二つの弾丸のうち、最初のものが彼を殺したのです。それは、二つのうち重いほうでした」

ベンは脚をぐっと引き寄せ、上体をまっすぐに起こした。みんなの反応を待った。

しかし、バロウィッツがすぐに口を開いた。「さて、わたしの依頼人《いらいにん》の負傷《ふしょう》の問題にもどりますが、先生、あなたの診断《しんだん》では、それらは、彼の生命をうばう目的で行なわれたと考えるに十分なほど重大なものですか？」

ベンは、もう耐《た》えられなかった。「ちょっと待ってください！」けんめいに立ちあがろうとしながら叫《さけ》んだ。「だれも、いま先生の言ったことを聞かなかったんですか？　聞いていなかったんですか？」

「ベン……」保安官がうなった。

「彼は三五八口径によって殺されたんです！」ベンは叫んだ。「マデックが彼を殺したんです！　あなた方は、それがわからないんですか？」

「きみが彼を殺したんだ」ストリックはそう言って近寄り、ベンの前に立ちはだかった。「きみが彼を殺したんだ。マデックさんの銃《じゅう》で撃って、マデックさんに罪を着せたんだ」

「だまれ、ストリック」ベンは言った。足を引きずってストリックのわきを通り、医師に近寄った。手を医師の腕《うで》にかけて言った。「先生、ぼくを助けてください」

「ぼくに、どうしろと言うんだい」医師は冷たい声で言った。

ベンは医師を見つめた。「あなたの証言しだいで、ぼくは牢屋《ろうや》に入れられてしまうんです」

「ぼくは、自分の診断《しんだん》した事実をありのままに言っているだけだよ」医師は言った。

ベンは手を落とした。「そうですよね。それでは、みんなにもう一度言ってください、三五八が彼を殺したのだと」

「ぼくは、三五八が何を意味するかさえも知らないんだ」医師は言った。

「それは銃弾《じゅうだん》です。大きな銃弾です」ベンは言った。「そしてそれが彼《かれ》を殺したんです。なぜ、それをもう一度言えないんです？」

バロウィッツは、ベンのわきを通ってホンデュラックのそばに行った。「どちらの銃弾が彼を殺したかということは、実に取るに足らぬことではありませんか。いま重要なことは、何が、ではなく、だれが、なのではありませんか？」

「そうですな」と、ホンデュラックは答えたが、どこか上《うわ》の空だった。体をかしげて、バロウィッツの後ろにいる医師に向かって言った。「先生、あなたはどうしてわかるのです、どちらの弾《たま》が彼を殺したと？　つまり、どうして判断できるのです？」

「先生！」バロウィッツが冷ややかな声で言った。「その質問にはお答えにならんほうがよろしいのではありませんかな。それは法医学の問題であって、一般《いっぱん》の医師のあつかうべき問題ではありません」それからホンデュラックに向かって、「わたしは、この事件を解明しようとするソーンダーズ医師の努力は多とします。しかし、あなたもご承知のように、経験を積んだ病理学者のみがこのような問題に回答をあたえうるのでして……」

「わたしにも少ししゃべらせてください」ホンデュラックが言った。「先生、あなたは三五八が彼を殺したと言われた。なぜだか、噛《か》みくだいて説明していただけませんか？」

「いちばん重い銃弾が彼を殺したのです」医師は言った。

「困《こま》りますなあ、先生」バロウィッツは言った。「職業倫理《りんり》のうえからいって、そういう発言はつつしんでいただかないと。あなたには、そういう判断をする資格はないんですよ」

医師は、ホンデュラックに向かって話しつづけた。まるで、バロウィッツが何も言わなかったかのようだった。「老人を最初に撃《う》った弾丸《だんがん》は、彼を撃った三つの弾丸のうち、もっとも重いものでした。ぼくはそれの名前を知りません――三五八とか、ホーネットとかは知りません――しかし、それが、彼を殺した弾丸なんです」

バロウィッツは両腕《りょううで》をふりまわした。「けしからん！　資格もないのに！　臆測《おくそく》で結論《けつろん》を出すとは！」

医師は、そ知らぬ顔でつづけた。「ほかの二つの弾丸は、あの老人に、何の影響《えいきょう》もあたえませんでした……」

「何だって？　喉《のど》にも……」バロウィッツは金切り声をあげた。「胸《むね》にも傷《きず》ができてるじゃないですか！」

「彼は死んでいたのです」医師はおだやかに言った。「それらの二つの弾丸が彼を撃ったのは、彼が死んでからほぼ一時間経過したあとのことです」

医師のその言葉が室内のすべての人々を打つのを、ベンは感じることができた。だれもが体を動かした。少し上体を起こして、聞き耳を立て、見つめていた。

バロウィッツの声が沈黙《ちんもく》を破った。今度は静かな声だ。「先生、家族の許可はあったんですか？　法の定めるところにより、解剖《かいぼう》を行なう場合にはかならず家族の許可がいるのですぞ」

「解剖は行なっていません」医師は言った。

「先生」バロウィッツは言った。苦しげな声だ。「わたしは長年、法廷《ほうてい》で世界の超《ちょう》一流の法医学者とも仕事をしてきたんです。その経験にかんがみて忠告《ちゅうこく》しますがね、あんた、こういうばかげた仮定と臆測《おくそく》を述べたてるのは、おやめなさいよ。あんたは、有資格の病理学者による完全な解剖のあとにのみ決定しうるたぐいのことを、軽々しく口にしてるんだ」

医師は、バロウィッツのほうを見ようともせずに言った。「生きている人が弾丸《だんがん》に撃《う》たれると、当然、出血します。しかし、人間が死ぬと肉体の機能は停止します。心臓《しんぞう》は停止し、血液は静脈と動脈を流れなくなります。肉体の組織は死にます。死後しばらくたつと、人間は、もはや出血できなくなります。あの老人の二つの傷《きず》――つまり、より小さな、より軽い弾丸によってつくられた傷――は、内部的にも外部的にも出血を起こしていませんでした。これが証明しているのは、彼《かれ》が死んでかなりの時間が経過したのちに、この二つの弾丸が当たったということです」

「ホンデュラックさん」バロウィッツは、テーブルに向かって歩いていきながら言った。「あなたのような経験豊かな判事さんは、当然認識《にんしき》しておられるでしょうな。このような無責任な、許容しがたい、しかも傲慢《ごうまん》な証言が法廷に提出されるようなことがあってはならんということを。ぜひとも、この医師の発言を記録から削除願《さくじょ》いたい。そして彼の不埒《ふらち》な証言を、いますぐ中止させていただきたい。まったく困《こま》ったことです。実に困ったことです」

「つまり」ホンデュラックはぼんやりと言った。「彼は病理学者ではなくて一般《いっぱん》の医師だから、死因の判定はできない、とおっしゃるわけですな？」

「そのとおりです。わたしと同様の見方をしてくださって、大いにうれしいですな」

「そう……」ホンデュラックは天井《てんじょう》を見あげて言った。「わたしは、かならずしも、あなたと同様の見方をしているとは思わんのですが。先生、ほかにご意見は？」

「もう、あまりありません」医師は言った。

バロウィッツが割《わ》って入った。今度は、だいぶ愛想《あいそ》のいい声だ。「お医者さんが勝手にご託《たく》を並《なら》べるのはかまいませんが。しかし、それが、もっともらしく報告書に記録されるのは困ります。実に困ります」

ソニアがタイプライターから目をあげた。しかし、ホンデュラックは言った。「かまわないよ。記録しておいてくれたまえ、ソニア。わたしは、こちらの弁護士さんとちがって、そう簡《かん》単《たん》に困ってしまうたちではないのでね」

医師は、器具類を突《つ》っこんであるポケットの中をかきまわしていたが、ようやく探《さが》していたものを見つけて、とりだし、ホンデュラックに差し出した。「マデック氏の右手首の傷《きず》の中から、こんなものが出てきましたよ」

「何です、それは？」保安官がきいた。近寄って、医師が持っているものを見た。「散弾《さんだん》だ！」

保安官は言った。「ダブルO《オー》の散弾らしいな」

「それです」ベンが言った。「ぼくはパチンコを使って、それを投げたんです」

「もちろん」バロウィッツは言った。「あの、すがたなきパチンコでね。判事さん、あえて言いますが、ここには、医師と被疑者《ひぎしゃ》のあいだに馴《な》れ合いがあるとお思いになりませんか？　医師はどこかからこの散弾を持ってきて、被害者《ひがいしゃ》の傷の中からとりだしたのだと主張することもできるのです」

「もし、馴れ合いがあるのなら」医師は言った。「エマ・ウィリアムズもそれにかかわっていることになりますね。彼女《かのじょ》がこの弾《たま》を最初に見つけたんですから。ぼくはただ、それを摘出《てきしゅつ》しただけです」

ホンデュラックは手を伸《の》ばして、散弾をつまみあげた。「これをどう思う、ハム？」

「そうですなあ……」保安官は言った。「ベンは、マデックをパチンコで撃《う》っただけだと言っている。そして、この弾がマデックの手首にとどまっていたということは、つまり、これがすごい高速度で飛んできたものではないということで……」

「これは、彼《かれ》の手首の内部にあったんですか、先生？」ホンデュラックがきいた。「どこかにただ、ころがっていたんじゃなくて？」

「マデック氏の手首の腱《けん》の中に入りこんでいました。彼のほかの傷も、やわらかい、鉛《なまり》の、弾《だん》丸《がん》状のものによってつくられたものでした。さっき見せられたような、真鍮《しんちゅう》のケースに入った銃弾《じゅうだん》ではありません。なぜなら、彼のどの傷の中にも、鉛の跡《あと》が残っているからです」

バロウィッツは、荒々《あらあら》しく医師のわきを通ってホンデュラックと向き合った。「判事さん、わたしは異議《いぎ》を唱えなければなりません！　この人物に、武器と弾丸に関するでたらめの発言をつづけさせてはなりません。彼が持ち出したものはどこの雑貨屋でも買える、ありきたりの散弾にすぎません」

バロウィッツがまくしたてているあいだ、医師はまた大きなポケットをかきまわしていた。最初、ベンは、医師の手術用の器具のひとつだと思った。金属がぴかぴか光っていたのだ。それからベンは、ゴムのチューブを、小さなレザーのホルダーを見た。

医師は、バロウィッツの背中《せなか》をパチンコの握《にぎ》りの部分で軽くたたいた。「それからこれ……」

バロウィッツは、ふりむきもせずホンデュラックに言った。「あなたご自身の地位のためにも、あなたは彼の全発言を報告書から削除《さくじょ》すべきです」

保安官はパチンコを手にとって、言った。「これをどこで見つけたんです、先生？」

「ごみ箱の中ですよ、救急治療室《ちりょう》の。ぼくは、マデックが入ってきたとき、彼《かれ》が何かを投げこむのを見たんです。あとで散弾《さんだん》を見つけてから、気になって探《さが》してみたんです」医師は言った。

ついに、バロウィッツは向き直った。一瞬《いっしゅん》パチンコに視線《しせん》を投げ、それから、自分を見つめているすべての人々を見まわした。

しばらくのあいだ、室内には恐《おそ》ろしい沈黙《ちんもく》がつづいた。

やがて、ホンデュラックが言った。「レス、どうだい。きみとデニーで、朝、砂漠《さばく》に行って、あのトンネルの中に何か発見できるかどうか見てきてくれないか――鳥の骨《ほね》や、たぶんトカゲの皮を……」

バロウィッツの声が機械的に聞こえた。「わたしがすでに明らかにしたとおり、死んだ鳥なんぞ、何ごとの証明にもならんのですぞ」

だれもバロウィッツの言葉を聞いていない。ホンデュラックがつづけていた。「……そして、たぶんベンは、あの岩のじょうごを横切るとき、血の跡《あと》を残しているはずだ。あそこへ行くには、ほかの道はないのだから」

レスは何も聞いていないように見えた。脚《あし》を前に伸《の》ばし、眉《まゆ》をひそめて、じっと床《ゆか》を見おろしていた。それから、ようやく目をあげた。「自分で自分を蹴《け》とばしたいよ」そう言ったあと、ベンのほうを向いた。「ベン、すまなかった。わびを言うよ。まったく自分を蹴とばしたい。判事さん、わたしがジープのそばでマデックと話しているとき、ベンは自分の銃《じゅう》を、山であれ、ほかのどこかであれ、持っていったはずはないんです。わたしはたったいま、思い出しました。わたしは、ベンのあの古いホーネットが、ジープのフロントガラスの下のケースに差してあるのを見ていたんです」

ホンデュラックは保安官に言った。「ハム、どうやら保安官助手を一人、マデック氏に付きそわしたほうがよさそうだな。そう、そのほうがよさそうだ」

バロウィッツは震《ふる》えていた。「これでこの件が落着したなどとは、一瞬たりとも思ってはなりませんぞ！」

「そう、わたしはそうは思っておりませんよ、バロウィッツさん」ホンデュラックはおだやかに言った。

バロウィッツは、くるりとホンデュラックに背《せ》を向けた。二人の弁護士は、足早に部屋から出ていった。それぞれのブリーフケースが、そろってゆれていた。

だれも、何も言わなかった。だれも、ベンを見さえしなかった。ベンの伯父《おじ》は、天井《てんじょう》を見あげていた。レスは、ズボンのほつれた糸を引っぱっていた。デニーは床をしげしげと見つめ、ソニアは速記用タイプライターにカバーをかけていた。ストリックは指の爪《つめ》で、ピストルの握《にぎ》りから何かを掻《か》きおとしていた。保安官は、医師にパチンコの持ち方を教えていた。ホンデュラックは、書類を積みかさねていた。

ようやくホンデュラックが顔をあげて、ベンを見た。「ベン、わかってほしいんだ。わたしには、とても信じられなかったのだよ。人間が、同じ人間にたいして、あんなことを仕組むってことが。まさか、そんなことが、と思ったんだ。ほんとうに、わたしには信じることができなかったのだよ、ベン」

「ぼくにも信じられませんでした」ベンが言った。

ホンデュラックは、呆然《ぼうぜん》とした面持《おもも》ちで室内を見まわした。「さて、われわれは、マデック氏を起訴《きそ》しなければならない。罪状は……殺人未遂《みすい》……加重暴行……」ホンデュラックはベンを見た。「彼《かれ》はきみを殺そうとしたんだろう、ベン？　彼はきみを撃《う》った。きみ、証言してくれるね、彼が、殺人を行なう意図《いと》のもとに凶器《きょうき》によって暴行を加えた、と？」

「いや、それはしません」ベンは答えた。「ぼくがここへ来たのは、事故の報告のためなんですから」

訳者《やくしゃ》あとがき

本書は、アメリカの作家ロブ・ホワイトが一九七二年に発表した *Deathwatch* の全訳《ぜんやく》です。傑出《けっしゅつ》したジュニア向けミステリー小説として、一九七三年エドガー・アラン・ポー賞（アメリカ探偵《たんてい》作家クラブ賞）を受賞したほか、一九七二年度アメリカ図書館協会青少年向け最優《さいゆう》秀《しゅう》作品賞、一九七二年度ニューヨークタイムズ年間最優秀図書賞を獲得《かくとく》しています。

地質学を学んでいる大学生のベンが、ビッグホーン（オオツノヒツジ）の狩《か》りをするマデックという男にガイドとしてやとわれ、二人で砂漠《さばく》に入ります。このマデック、カリフォルニアでかなり大きな会社を経営している実業家ですが、どこか異様《いよう》です。利己的《りこてき》で、ぞっとするような冷酷《れいこく》さを感じさせます。笑い顔を見せたのは、自分がいかに抜《ぬ》け目のない人間であるかを話したときだけ。しかも銃《じゅう》の腕前《うでまえ》ときたら大変なもので、ねらった的をはずしたことがない。何となく、恐《おそ》ろしい。

学費をかせぐためとはいえ、こんな男と二人きりで砂漠に来たのは失敗だったのではないか、とベンが思いはじめた矢先、ひとつの出来事が起こります。それをきっかけに、ベンは、だれにもとうてい信じられない、まさに悪夢のような事件に巻《ま》きこまれていきます。二重三重に仕《し》掛《か》けられた頑丈《がんじょう》な罠《わな》。はたしてベンは抜け出すことができるのか……。最後の最後まで読者の心をとらえて放さない物語です。

発表当時、アメリカでは次のような賛辞が寄せられました。

「ロブ・ホワイトがまたしてもすばらしい仕事をした。これは、読みだしたらやめられない、手に汗《あせ》にぎるサスペンス小説である。青少年向けだが、大人が読んでも十分に楽しめる。この小説を読んで、主人公ベンの体験をじっさいにやってみたいと思う人はいないかもしれないが、彼《かれ》のような人間になりたいと思う人は多いだろう。まったくうらやましいほど、いい若者《わかもの》だ。……ぜひとも読んでほしい本である」（「ベスト・セル」誌）

「ルポルタージュふうの歯切れのいい文体のせいもあって、迫力《はくりょく》満点のサスペンス小説となっている。……二人の人間のドラマティックな戦いの舞台《ぶたい》となる、アメリカ西部の自然環境《かんきょう》の、生き物の生存《せいぞん》を許さない苛烈《かれつ》さの描写《びょうしゃ》も見事なものだ」（「ホーン・ブック」誌）

「ロブ・ホワイトはまさに冒険《ぼうけん》小説の達人だ。……この小説は、冒険小説として一級であるだけでなく、現代をアイロニカルに描《えが》いた寓意《ぐうい》物語としてもすぐれている。……これは、単純《たんじゅん》な少年冒険小説ではない。ロブ・ホワイトは、この物語に、上質な、非常にアイロニックな味わいをあたえている」（「ニューヨーク・タイムズ・ブック・レビュー」紙）

また、今日でも、「わたしはかなり本を読んでいるつもりだが、この本は最高の作品五点の中に入る」（「アマゾン・カスタマーズ・レビュー」二〇〇八年五月）、「これまでに読んだなかで最高の本の一つだ。最後のページまでドキドキさせられる！」（同、二〇〇八年十一月）、「すべての人に心から推薦《すいせん》する。このすぐれた小説から、だれもがすばらしいものを得るはずだ」（同、二〇〇九年一月）など、多くの人々に歓迎《かんげい》されています。

ロブ・ホワイトは、一九〇九年六月、宣教師《せんきょうし》だった父の任地であるフィリピン、ルソン島のバギオで生まれました。十三歳《さい》のときに作家になろうと決心し、ヴァージニア州アレクサンドリアのエピスコパル・ハイスクールを経てアナポリスの海軍兵学校を卒業、士官としてアメリカ海軍に勤務《きんむ》しながらも、小説を発表しつづけていました。第二次大戦中は、パイロットとして空を飛んだり、潜水艦《せんすいかん》、航空母艦《ぼかん》に乗り組んだりして戦い、瀕死《ひんし》の重傷《じゅうしょう》を負ったこともあります。海軍をやめてからは、中東クルディスタンの洞窟《どうくつ》、カリブ海の孤島《ことう》など世界各地を探検《たんけん》してまわり、そのかたわら、非常にたくさんの小説を発表しました。

本書をはじめ、*Secret Sea*（「秘密《ひみつ》の海」一九四七年）、*Candy*（「キャンディ」一九四九年）、*Deep Danger*（「深海の危険《きけん》」一九五二年）、*Our Virgin Island*（「われらのヴァージン島」一九五三年）、*Up Periscope*（「潜望鏡を上げろ」一九五六年）、*The Survivor*（「生存者《せいぞんしゃ》」一九六四年）、*Silent Ship, Silent Sea*（「静かな船、静かな海」一九六七年）、*No Man's Land*（「ノーマンズ・ランド」一九六九年)、*Firestorm*(「ファイアストーム」一九七九年)などなどがありますが、やはり、海軍生活や探検旅行から発想を得たものが多いようです。いくつかの作品は映画化《えいが》もされ、本書『マデックの罠《わな》』も一九七四年にテレビ映画になりました。ホワイト自身、一時、ハリウッドに住み、映画や、「ペリー・メースン」ものなどテレビ・ドラマの脚本《きゃくほん》も書いたこともあります。一九九〇年十一月二十四日、八十一歳《さい》で死去。

本書の特徴《とくちょう》であるすさまじいまでの迫力《はくりょく》、描写《びょうしゃ》の精密《せいみつ》さ、ストーリー展開《てんかい》のスピーディーさも、作者のこのような経歴を見ると、うなずけるように思います。

いくつかの事項《じこう》について説明しておきましょう。

物語の舞台《ぶたい》は、アメリカ西部の、著者《ちょしゃ》が住んでいたことのあるアリゾナ州の、カリフォルニア州との境界あたり、もうメキシコに近い地域《ちいき》の砂漠《さばく》のようです。12頁《ページ》などに名前が出てくるエドワーズ空軍基地はカリフォルニア州南部に広大な面積をしめるアメリカ空軍基地ですし、200頁のフェニックスはアリゾナ州の州都です。26頁の、デスヴァアレー、モハーヴェ、ソノーラもこのあたりの砂漠です。

マデックが撃《う》ち殺そうとしているビッグホーン(7頁以下)は、たいへん大型の野生の羊です。雄《おす》で肩《かた》の高さ九〇~一一〇センチ、体重一四〇キロ。雌《めす》で肩の高さ八〇~九〇センチ、体重九〇キロ。雄雌ともに角《つの》があり、とくに雄の角は巨大《きょだい》です。つけ根は太く、ぐるりと一回転する感じで曲がっています。長さ一メートル以上もある角《つの》の例も報告されています。ロッキー山脈の周辺に生息し、この羊の名をとったビッグホーンという山脈もあるほどです。

87頁《ページ》以下に出てくるサガロ（サグアロ、サグワロとも書く）は、北米大陸最大のサボテンです。キツツキの類だけでなく、フクロウやタカ、ネズミなどにも住みかを提供《ていきょう》し、「砂漠《さばく》の宿」と呼《よ》ばれています。大きな白いその花（アリゾナ州の州花になっています）はコウモリやハチを誘《さそ》い、その実は鳥やアリたちが食べるだけでなく、アメリカ先住民によっても古くから食料とされるなど、きびしい砂漠の自然の中で重要な役割《やくわり》をはたしている植物です。大事な観光資源《しげん》でもあり、レストランや教会、ポテトチップスの名前にさえなって親しまれていますが、やはり環境《かんきょう》破壊《はかい》にともなってだいぶ数が減ってきています。

ヒーラ・モンスター（8頁）、ヒーラ・ウッドペッカー（87頁以下）などの名前は、アリゾナ州を東西に流れてメキシコ国境付近でコロラド川に合流するヒーラ川からとったもの。ジャックウサギ（64頁）はアメリカ西部に多いノウサギで、体長五〇センチ前後。耳の長いのが特徴《とくちょう》で、アリゾナあたりに住むのは二〇センチもあります。

メスキート（63頁）、パロベルデ（193頁）は、ともにこの地域《ちいき》からメキシコにかけて生えているマメ科の低木です。ビショップ・パイン（25頁）も、この地域に多いイエロー・パイン（黄色材マツ）の一種です。

カウンティ・フェア（116頁）はアメリカの農業祭。それぞれのカウンティ（郡）で年に一回、数日間、開かれる農産物、家畜《かちく》の品評会で、いろいろな遊戯《ゆうぎ》施設《しせつ》も設けられ見世物も出て、にぎやかに行なわれます。

三五八口径と二二口径、二つの銃《じゅう》が出てきます（8頁以下）が、口径とは銃の筒《つつ》の部分の直径のことで、それぞれ〇・三五八インチ、〇・二二インチの意味です。三〇―三〇《サーティー・サーティー》（58頁）は三〇口径（〇・三インチ）、三〇薬粒《やくりゅう》のライフル銃のこと。十九世紀末からある猟銃《りょうじゅう》です。マグナム（8頁など）というのは、同じクラスの口径のものよりも強力な銃弾《じゅうだん》につける名前。モーゼル・アクション（8頁）とは、ドイツのモーゼルが開発した、ボルト（遊底《ゆうてい》）を回転、前後させることによって銃弾を詰《つ》めるメカニズムをいいます。

15章以下にあらわれる法律用語について。治安判事（justice of the peace）は、アメリカの地方の町で、比較的《ひかくてき》軽い民事と刑事《けいじ》の事件を審理《しんり》する、パートタイムの裁判官《さいばんかん》です。この作品で描《えが》かれるように、重大な事件について被疑者《ひぎしゃ》を起訴《きそ》するかどうかを決める予備審問《しんもん》（preliminary hearing）を行なう権限《けんげん》も持っています。治安判事の制度のある州は、現在ではたいへん少なくなっています。また、重罪（felony）は、殺人、放火など、一年以上の禁固刑《きんこけい》や終身刑、死刑に処《しょ》せられるような重大犯罪のこと。加重暴行（aggravated assault）は、暴行（他人の体にたいする暴力行為《こうい》）のうち、特別に悪質で通常の暴行よりも刑罰《けいばつ》を加重されるもののことをいい、アメリカのほとんどの州の法律で重罪の中にふくまれています。

本書の原題の“Deathwatch”は、死者または死んでいく人を見守っているもののことで、死刑囚《しけいしゅう》の監視人《かんしにん》などもこう呼《よ》ばれます。この作品の中での意味合いは、通読していただければ明らかになるでしょう。

この訳書《やくしょ》の初版は一九八九年、評論社「児童図書館SOSシリーズ」のなかの一冊《さつ》として発行されました。「砂漠《さばく》で生き残るための、さらにはまた自分の無実を証明するための、体力と知恵《ちえ》を傾《かたむ》けつくした冒険《ぼうけん》……［砂漠についての］知識がこの小説にはたくさん盛《も》り込《こ》まれており、……ハラハラさせる仕掛《しか》けがいっぱいあるうえに、知恵くらべが冒険をいっそう面白《おもしろ》くしている」（「週刊朝日」89年7月14日号）など好評を得て、多くの読者に迎《むか》えられました。このたび「海外ミステリーBOX」の一冊として復刊されるにあたり、訳文《やくぶん》を全面的に検討《けんとう》し必要な修正を加えました。

たいへんお世話になりました評論社社長・竹下晴信さん、編集部の吉村弘幸さんに厚くお礼を申しあげます。

二〇一〇年二月

宮下《みやした》嶺《みね》夫《お》

＊本書は、一九八九年四月に評論社より刊行された『マデックの罠』の改訳新版です。

ロブ・ホワイト Robb White
1909〜90年。フィリピン生まれのアメリカの作家。アナポリスの海軍兵学校を卒業後、士官としてアメリカ海軍に勤務し、第二次世界大戦を経験。退役後は世界各地を探検してまわった。軍人時代から創作活動を始め、数多くの小説を発表した。本書『マデックの罠』で、1973年のエドガー・アラン・ポー賞受賞。

宮下嶺夫（みやした・みねお）
1934年、京都市生まれ。慶應義塾大学文学部卒業。主な訳書に、D・ブルッキンズ『ウルフ谷の兄弟』、L・アリグザンダー「ウェストマーク戦記」三部作、『怪物ガーゴンと、ぼく』、R・ダール『マチルダは小さな大天才』『ぼくのつくった魔法のくすり』『魔法のゆび』（以上、評論社）、H・ファースト『市民トム・ペイン』、N・フエンテス『ヘミングウェイ キューバの日々』（以上、晶文社）、R・マックネス『オラドゥール』（小学館）、J・G・ナイハルト『ブラック・エルクは語る』（めるくまーる）などがある。

海外ミステリーBOX

マデックの罠

2010年3月30日　初版発行
2011年4月30日　2刷発行

●——著　者　ロブ・ホワイト
●——訳　者　宮下嶺夫
●——装　幀　水野哲也(Watermark)
●——装　画　ケッソクヒデキ
●——発行者　竹下晴信
●——発行所　株式会社評論社
〒162-0815　東京都新宿区筑土八幡町2-21
電話　営業 03-3260-9409／編集 03-3260-9403
URL　http://www.hyoronsha.co.jp
●——印刷所　凸版印刷株式会社
●——製本所　凸版印刷株式会社

ISBN978-4-566-02424-3　NDC933　280p.　188mm×128mm

海外ミステリーBOX

すぐれたミステリー作品に贈られるエドガー・アラン・ポー賞。
その受賞作・候補作を集めた傑作ミステリー・シリーズ。

ウルフ谷の兄弟

デーナ・ブルッキンズ 作
宮下嶺夫 訳

母親を亡くし、伯父さんに預けられることになったバートとアーニーの兄弟。しかし谷間の一軒家は荒れはて、不安と恐怖におびえながら日々を過ごす羽目に。そして殺人事件が起こり……。二人の健気さが胸を打つ秀作。

256ページ

とざされた時間のかなた

ロイス・ダンカン 作
佐藤見果夢 訳

十七歳の少女ノアは、父の再婚相手の家族に会うため、初めて南部にやってきた。美しい義母と義理のきょうだいたち。が、彼らには想像を超えたおそろしい秘密が……。一人で秘密をさぐろうとするノアに危険が迫る！

304ページ

死の影の谷間

ロバート・C・オブライエン 作
越智道雄 訳

放射能汚染をまぬかれた谷間で、たった一人生き残った少女アン。そこに、防護服に身をつつんだ見知らぬ男がやってくる。二人はどんな運命をたどるのか——核戦争後の恐怖を描く問題作。

328ページ